蜜愛ベビーシッター◆目次

蜜愛ベビーシッター

どこまで続くんだと文句を言いたくなった頃に、その家は見えてきた。

なだらかな坂の頂上、いつから建っているのかよくわからない年季の入った古い家。

噂を聞いて、いかにもおどろおどろしい様相《ようそう》かと思っていたけれど、街灯《がいとう》に照らされた洋館は、想像とは違って小奇麗な外観だ。

誰も住んでいない空《あ》き家なのに、窓に人の影が映ったり物音が聞こえてきたりするという、幽霊屋敷。

もっと人の住んでいなさそうな場所にポツンと建っているイメージだったけれど、予想に反して、すぐ近くに何軒か家がある。

「ここで間違いない、かな?」

とっぷりと日が暮れたのに、窓に灯《あか》りは見えない。

ガレージに車はなく、風で吹き寄せられたらしい落ち葉がたまっている。

暗い中、じぃっと目を凝《こ》らしてみると、小さな前庭は雑草が伸び放題だ。

――本当に出たりしない、よね?

夏といえば、怪談話に肝試《きもだめ》し。

だけど僕がここに来た理由は、そんなちょっとした遊びのためじゃない。

緊張に、胸がドキドキする。万が一、ここが本当に幽霊の出る心霊《しんれい》スポットだったら、僕は今夜、恐ろしい目に合うかもしれない。

それに、もしこの洋館が実は空き家などではなくて住む人のいる家で、泥棒と間違えられて警察に突き出されたら、どうしよう。

「どっちも勘弁《かんべん》して欲しいな……」

やっぱり、やめておこうか。

――幽霊なんか信じていないし、住人がいる気配もないんだから、大丈夫……だよな。

父親とケンカをして家を飛び出したのが、お盆も終わった一週間前。

友達のところを泊まり歩いて、シフト通りにコンビニのバイトに出ていた。

でも、それも今日までの話だ。

兄の大和《やまと》が毎日のように店に来て「家に戻れ」と説得するのが鬱陶《うっとう》しいし、店にも迷惑になるから、バイトは今日、やめてきた。

泊めてくれそうな友達のところに、しらみつぶしに押しかけられても困るから、前々から考えていた幽霊屋敷にやってきたわけなんだけれど……。

門扉に手をかけた状態で、まだ、どうしようかと躊躇《ためら》っている。

ポツリポツリと降りはじめた大粒の雨は、どっちにするのか早く決めろと僕に催促《さいそく》しているようだった。

家具付きのまま放置されていた洋館は、勝手口のドアが壊れていた。

……正直に言うと、最初から壊れていたんじゃなくて、壊した、ことになる。

もちろん、わざと壊したりなんかしていない。だって僕には、ロックされた鍵を壊したり開けたりする技術なんかない。

ただ、入れるところを探して、玄関ドアを試したあと、勝手口のドアノブを玄関と同じようにガチャガチャと二度回して引っ張っただけだ。

そしたら、古くなった木のドアは中が腐《くさ》っていたのか、いともあっさりと手応《てごた》えがなくなってしまって。

ゴメンナサイと心の中で謝ってから侵入し、携帯電話のライトを懐中電灯《かいちゅうでんとう》代わりに洋館の中を見て回ると、どの部屋も家具が置かれたままだった。

「電気と水道、ガスは通ってないけど……ベッドで寝られるのは、嬉しいな」

暗い中、何を踏むかわからない。

そう思って土足のままあがりこんだ洋館の二階、埃《ほこり》よけの布を外したベッドに、靴を脱いで横たわって、天井を見上げる。

雨上りの空には月が出ていて、ほのかな明るさで室内を照らし出している。

携帯で時間を確認したら、まだ夜の八時を回ったばかり。

寝るにはちょっと早すぎるけれど、洋館の中をもっと詳しく見て回るなら、昼間のほうが明るくて見やすい。

「ちょっと戻ったところに、公園があったな。水道やトイレを借りたりするのは、あの公園に行くとして……ああ、寒くなってきた時の防寒対策に毛布でも手に入れてこないと」

まずは、明日の昼間に家探《やさが》しだ。

もしかしたら、毛布くらいあるかもしれない。

懐中電灯かロウソクか、何か灯りになるものも見つかればいいけれど。

ああ、それに明日は次のバイトを探して、それから……。


右足が、いきなり大きくビクッと震えて、驚いた拍子に目が覚めた。

それとも、ひんやりとした早朝の空気の冷たさに起きてしまったんだろうか。

何もないよりはマシだと思って、埃よけの布をかぶってベッドに横になったところまでは記憶がある。

どうやら、色々と考えているうちに眠ったらしい。

月が隠れてしまったのか、部屋の中は真っ暗だ。

確か、枕元に携帯を置いたはず。

僕は携帯を手探りで捜そうとして、ギョッとする。

——身体が、動かない？　まさか、これって金縛《かなしば》り!?

そんなバカな……幽霊なんて、ただの作り話か錯覚《さっかく》だ。

ああいうのは、正体見たり枯《か》れ尾花《おばな》、ってやつだ。

現実には、幽霊なんかいない。いるはずがない。

……いないに決まっている、きっと身体が痺れているだけだ。

心の中で打ち消した途端、ここには僕しかいないはずなのに、ギィッ、ガタン、ドンッという物音、それから誰かが歩いているような足音が、階下から響いてくる。

「泥棒？　家主？　それとも、絶対いないけど、やっぱり幽霊!?」

物音の正体がどれだとしても、僕にとって嬉しい相手ではない。

——どうか、二階にあがってきませんようにっ！

掛布《かけぶ》団《とん》がわりの布を握りしめて、あがってくるなと必死で念《ねん》じる。

急速に口の中が乾いて、嚥下《えんか》する唾《つば》もないのに喉《のど》が鳴る。

嫌な汗が全身から噴き出す中、急に右足だけが震えて強張《こわば》った、と思ったら……。

「いっ……、痛、いいい……っ！」

ピーンと張った脹脛《ふくらはぎ》を抱え込んで、右へ左へ身体を捩《よじ》る。

階下にいる何かに気付かれないよう、僕は懸命に唇を引き結んだ。

つい先ほどまで金縛りにかかったように動かなかった身体は、こむら返りの痛みのせいか、自由を取り戻していた。

だけど、今の僕にそれを喜ぶ余裕なんて、髪の先ほどもない。

声を殺してこむら返りに耐えていた僕の足から、ようやく痛みがひいた時。

年代物の洋館は、再び夜の闇の中で静まり返っていた。

人間って、賢い。

不自由な生活に耐えられるか、最初は不安だったけれど、住めば都、慣れればどうにかやっていけるものだ。

それに、僕には僕の意地がある。

大学を卒業したものの、何か手に職をつけたほうがいいかもしれない……そう思って専門学校に入るための入学金や学費をバイトで貯《た》めるつもりの僕は、正社員での就職でないと許さないって態度の父さんと衝突した。

大ゲンカになり、家出して……売り言葉に買い言葉といえる部分があるとはいえ、一旦《いったん》こうして家出した以上は、おいそれと実家に帰れない。

友達の家を泊まり歩くのも限度があるし、もう一晩、この洋館で過ごしてみて何事もなければ、このまま、こっそり住み着いてしまおう……そんなふうに思えたのは、こむら返りのあと一睡《いっすい》もできずに朝を迎えた僕の、開き直りだったのかもしれない。

あれから、早くも十日が経《た》った。

周囲の住人に気付かれないよう、洋館への出入りには厳重に注意をしているけれど、冬が近づいたこの季節、灯りなしの生活をするのは限度がある。

今の僕の夜間の光源《こうげん》は、少し大きめの懐中電灯だ。

懐中電灯も、それから毛布も、新たに始めたバイト先の、世話好きで親切なおばちゃんが詳しい話を尋ねもせずに、使っていないのが家にあるからとわけてくれた。

つくづく、人間って、温かい。

コンビニをやめて、次のバイトを探していた僕は、若くしてレストランを経営している大学時代の先輩に頼み込んで、キッチンのバイトに雇ってもらったんだけど……。

「ほら、遠慮せずに飲めよ、堂島《どうじま》」

「すみません、いただきます」

「飲むよりも、食《く》うほうがいいんだっけ？　よし、追加で何か作ってやるから、しっかり食って栄養つけろよ」

「いえ、僕はもう、お腹いっぱいですから」

「食えなきゃ食えないで、持って帰ればいいさ。どうせお前、賄《まかな》い以外はロクな物を食ってないんだろう？　食い物屋で働いているスタッフが栄養失調で倒れましたなんて、シャレにもならないからな」

グラスに残っていたビールをクイッと飲み干した先輩が、アルコールよりも食欲を発揮していたせいで唯一まだ潰れていない僕の背中を、バンッと叩いて立ち上がる。

明日は月曜、店の定休日。

先輩の「朝まで飲むぞ、付き合え！」のひと言で始まった閉店後の酒盛りに参加するのは、これで二度目。

前回も、最後まで起きているのは僕しかいないから作っても余るのがわかっているのに、先輩は追加で料理して、帰る時に持たせてくれた。

店で出してくれる賄い同様、家出中なおかつ空き家住まいの僕にとって、先輩の厚意《こうい》は何よりも有難いものだった。

「……、……なさい。君、起きな……」

声がして、ぐらぐらする。

誰かが僕を起こすために身体に手をかけて揺すっているのだと、少し遅れて気が付いた。

でも、眠い。まだそんなにたくさん寝ていない。

——うぅん……、さっき帰って来て寝たばかりなんだよ……。

店が休みの今日はバイトも休み、もっとゆっくり眠っても……。

「おい、起きろっ」

バチンッと音がして、頬が瞬間的に熱くなる。

叩かれた衝撃に、反射的に目が開いて、太陽の陽射しを背に立つ人影に思わず僕は「警察!?」と飛び起き……ようとして、できなかった。

「な、何？　起きられな……って、縛られてる!?　なんで!?」

腕と足の自由が、奪われている。

それがわかった瞬間、僕はベッドでゴロゴロと転がり、身体を捩《よじ》って、自由を取り戻そうと足掻《あが》いた。

「ちょっと、足っ！　どうなって……!?」

「こら。暴れるのはやめなさい、落ちるぞ」

後ろ手に括《くく》られているんだけれど……足は、一体どうなってるんだ？

足首も手首も、それぞれ、ひと括りにされているのは、すぐにわかった。

だけど、縛られた手首を緩めようと両手を動かすと、足首まで一緒に動く。

キツくなるわけじゃないものの、手首と足首が非常に近くて……。

「やめろと言うのに……仕方ない」

溜め息混じりの呟《つぶや》きと共に、顔が近づいてくる。

明らかに日本人とは違った顔立ちの男が、至近距離から僕を見つめていた。

――警察じゃなくて、外国人？　どうしよう、言葉が……ものすごく簡単な英語くらいしか、僕にはわからないのにっ。

突然の接近に動きを止めた僕を、ヘーゼルの瞳の男がグイッと引っ張る。

横向きになっていた身体が仰向《あおむ》けにされ、ようやく自分の格好を把握《はあく》する。

「あっ、うわっ!? ちょっと、これっ！ 腰っ、ふ、太腿《ふともも》っ、……痛いっ」

日本語で叫んで、通じないかと心配しかけて、だけど「痛い？」と首を傾《かし》げた男に日本語が通じるのだとホッとする。

「そんな大げさな……身体が硬いのか？」

不思議そうに聞いた男が、ブリッジに近い恰好になっている僕の膝を軽く押す。

加わった力の分だけ太腿がピーンと張って、僕は痛い痛いと喚《わめ》き散らした。

手首と足首はそれぞれに括られているけれど、それをまたまとめて結ばれてしまっているらしく、仰向けにされた僕のちょうど腰のあたりで下敷きになっている。

寝不足な上に昨夜のアルコールが残っている身体は、急な体勢の変化にやすやすと悲鳴をあげ、まだどこかぼんやりしていた頭も痛みに一気に目覚める。

「やめっ……、頼むから、向きっ……身体の向きを、変えてっ！」

ヘーゼルの瞳の男は、短めにカットされた栗色の髪をやれやれと言いたげに左右に揺らして、再び僕に近づく。

ピーンと張った筋が痛くて、僕は横向きにしてもらえるのをおとなしく待った。

その僕の目の前で、男がナイフを煌《きら》めかせる。

「えっ？　なっ、待っ、僕はただ空き家だと思って！」

「なるほど。浮浪者《ふろうしゃ》か」

「ふ、浮浪者って、そんなっ、単なる家出人ですっ」

「そうか。俺は新しい家主だ。中身ごと、この洋館を買い取った。それにしても……よく聞けば、女性にしては声が低いな。もしかして、君は男性か？」

外国人の外見で流暢《りゅうちょう》な日本語を操《あやつ》る男に、僕は必至で頷いた。

「男ですっ、女じゃありませんっ。ほらっ、出るトコ出てないでしょっ⁉」

ナイフの先が、僕の喉元に近づく。

――刺される⁉

ぎゅーっと目を閉じて、僕は「ごめんなさいっ、すみませんっ」と懸命に謝罪した。

「勝手に住み着いたのは、謝りますから！　何も壊してませんっ。あのっ、勝手口のドアは故意《こい》に壊したんじゃなくて、少し引っ張っただけであんなふうに……っ」

「勝手口のドア？　日本へ来た時に、何度か朝昼夜とそれぞれ様子を確認したんだが、それは気付かなかったな」

男の言葉に、ふと思い出す。幽霊屋敷の噂や、前に僕が夜中に聞いた足音は、この男のものだったのか。

「わかった。あとで見ておいて、中が傷《いた》んでいたようなら、君ではなく不動産屋のほうに修理を要求しよう」

落ち着いた声に納得した雰囲気を感じ取って、ホッとしながら目を開く。

でも、まだナイフは僕の喉近くから動いていなかった。

「ところで君、名前は？」

「ど、堂島……堂島優吾《ゆうご》、です」

「日本人は若く見えるというが、優吾、君は幾《いく》つだ？　まだ未成年……高校生か？」

あまり男っぽい顔立ちじゃない自覚はあるから、多少は女性と間違えられても我慢できる。

だけど、まさか未成年に見られるなんて！

「違いますっ、未成年じゃありません！　二十四ですっ」

「身分証明書は？　持っているか？」

「ヒップバッグに入れてある財布の中に、免許証が……」

「免許証は、あとで確認させてもらおう。さて、君が危険物を隠し持っていないか、確認させてもらうよ。女性なら無理やり脱がすわけにはいかないと困っていたが、男だと言うなら遠慮はいらないな」

質問には素直に答えるから、早く身体の向きをどうにかして欲しい。

そう思っていた僕の、今の時期に着るにはもう薄く感じるコットンシャツの襟元に、男はナイフを差し入れた。

「あのっ……、な、何を……？」

「念のためにもう一度聞こう。本当に、優吾は女性じゃないだろうな？　あとで強姦《ごうかん》されたと訴えられるのは、非常に困る。仕事や子供の教育に差し支えるからな」

「違いますっ、女じゃないですっ！」

僕が嘘をついていると思ったんだろうか。

男は「そうか、それは良かった」と言うなり、僕のシャツを切り裂き始めた。

「やっ!?　やめてくださいっ、服が……っ、そんな、困ります！」

家出をする時に持ち出した、数少ない衣類だ。

ナイフを手にした男は、不自由な恰好で拘束《こうそく》された僕のシャツを遠慮なく切っていく。

シャツが、布の残骸《ざんがい》になっていく。

その過程を信じられない気持ちで見ていた僕の下半身に、男の指がかかった。

チノパンなんかじゃなくて、もっと切りにくいジーンズを穿《は》いておけばよかった……頭の片隅で、どこか冷静に後悔している僕の前を、男の指が寛《くつろ》げる。

下着越しに指が触れて、不意の刺激と妙な羞恥心《しゅうちしん》にドキッとする。

偶然とはいえ触れてしまった男の「失礼」ってひとことは、あまり申し訳なさそうな感じがしなくて、自分がいわゆる不法侵入なのだということも棚に上げてムッとして……。

けれど、ささやかな余裕が僕に残っていたのは、そこまでだった。

「悪いけれど、あと一枚。最後まで確認させてもらうよ」

「……えっ、ちょっと待って！　あと一枚って、もうパンツしかないんだけど⁉」

「俺には、君に怪我をさせるつもりはない。それに、必要以上に不愉快な気分にもさせたくもない。だから、じっとしていて」

ビキニタイプのぴたっとしたパンツの隅を、男が指でつまむ。

作った隙間にナイフが差し入れられるのを見て、僕の身体は自然と逃げを打った。

「あっ、待ちなさい優吾、動いたりしたら余計にっ」

ビッという音が聞こえたのと、そこに人間の体温を感じたのと、一体どちらが先だったのか……男の焦った顔には、僕がぎょっとして身体を硬直させた途端に安堵が広がった。

「驚かせないでくれ。刃が肌に当たったら、どうするつもりなんだ」

「……手っ、……手、をっ」

「手？　ああ、すまない。しかし、今のは、君が悪いんだよ？」

「わかっ、た、からっ……、退けて……っ」

「俺は、思わず君の大事なところをガードしただけだ。他意はない」

説明をした男が、何故か僕の股間の上でポンポンと軽く手を弾《はず》ませてから去っていく。

「……ぁ、っ！」

衝撃のあとの思わぬ刺激に、僕の内腿に力が入り、手のひらから解放されたばかりのそこがビクビクと震える。

「悪かった。今のは、完全に俺のうっかりミスだ」

「へ、変態《へんたい》……っ！」

思わず詰《なじ》った僕に、男が不愉快そうな顔をする。

けれど、今の手つきは、偶然触れたといえるレベルじゃない。

軽いとはいえ明らかに二度もそこを叩いたし、撫でられたし……撫でる時には、ほんのりと揉む動きも入っていたような気もする。

「君、それはあまりにも失敬《しっけい》な言い草だ。きちんと謝罪したじゃないか」

さすがにムッとした顔で、男が僕に文句を言う。

だけど、僕だって負けていられない。

「変態じゃないなら、何だって言うんですかっ」

「何って、もちろん単なるクセだ」

「クセ⁉　ただの、クセ？　男の股間を揉むクセですかっ」

「違う、そういったクセではない。息子と話していて、この件はこれで終了という時に、よく頭や背中、肩なんかを今のように二度撫でたり叩いたりしているんだ。そのクセが出ただけで、私には決して男の股間を揉むクセなどないし、変態でもない！」

男は、胸を張ってハッキリと断言した。

でも、実際にやられた身の僕としては、簡単に疑いを捨てられない。

「けど、女の子じゃなくて男だって言っているのに、服を切り裂いて裸にしたじゃないですかっ。その上、股間まで……充分に変態ですっ」

「俺は、性的嗜好《しこう》を満足させたくて優吾の服を切り裂いたんじゃない。今も言ったように、俺にはまだ幼い息子がいるんだ。今も、別室で眠っている」

息子と聞いて、僕は思わず黙り込んだ。

男は、「だから」と言うなり、僕のパンツに再びナイフを差し入れた。

さっきと同じように、反射的に動きそうになった腰を、意志の力で押し留める。

パンツを脱がされたいわけじゃないけれど、また『単なるクセ』で股間を叩かれたり揉み混じりに撫でられるのは嫌だ。

「自分の身はもちろん、息子の安全のためにも、親としてきちんと確認しなければならない。一見すると無害そうな君でも、銃や爆弾、危険な薬物を、服の上からでは目につかないような場所に隠し持っていないとは限らないからな」

僕の肌を傷つけないようにと思ってくれているのだろうか。

男は、注意深くナイフを動かして、僕のパンツをただの布の切れ端に変貌《へんぼう》させた。

ものすごく屈辱的だけれど、手首足首を身体の下に敷いた状態の僕には股間を隠すことができない。

「見ての通り、何も隠していません。もう、いいでしょう?」

「そうだな。自爆《じばく》テロをしようとしている人間や、違法な薬物の運び人なら、腹の中に仕込んでいる可能性もあるけれど、どう見ても君はそんなふうには見えないな」

「じゃあ、早く解放してください。せめて、身体の向きだけでも……」

「申し訳ないけれど、優吾、それはまだダメだ。もう少しの間、その恰好のままで確認させてもらうよ」

素っ裸にされた状態の僕には、もう隠せる場所なんて、それこそ身体の中しかない。

この状態で、何をどう確認しようというのか……怪訝《けげん》に思っている僕の両膝を、彼の手が掴んだ。

「先に言っておこう。君に変なことをするつもりはない。目視で確認するだけだから痛くないはずだし、すぐに終わる」

わざわざ前置きをする男に、まさかと言いたい気分で僕は呻《うめ》いた。

裸に剥《む》いて、足のほうへ移動した彼に両膝を掴まれて、それで何をしようとしているか想像できないほど察しが悪くはないつもりだ。

「ちょっと見せてもらうよ、優吾」

外側に、グイッと力が加えられ、両膝が開かれる。

初対面の知らない男の目に、物心ついてから他人に見られたことのない場所を晒《さら》している……羞恥心に顔を背けた僕の耳に、「暗くて見づらいな」と呟く声が届く。

「すまない、角度を変える。もう少し我慢してくれ」

そう言って、彼は僕の身体を右に動かした。

太陽の陽射しでよく見えるように調整され、再び膝を開かれる。

さっきよりも、更に大きく遠慮なく割り広げようとする男に、僕は恥も外聞もなく「痛いっ」と悲鳴をあげた。

「ぃ……っ、……痛い、痛いって！　足っ、足っ！」

「別に指を挿《い》れて、中まで確認するつもりはない。そんなオーバーに痛がらなくても、怖いことはしないから」

「ちがっ……、本当に痛いんだっ！　足の甲っ、ふ、太腿もっ、痛……ぃっ、無理ぃっ」

「まだ肩幅ほどしか開いていないのに……わかった、これ以上は開かないけれど、これだと小さな危険物を貼りつけていないか確認できないから、少しだけ触るよ」

——触るって、何!?

ギョッとしている僕の脚が、男の肩に押される。

昼間の明るい室内で露出させられた股間に、彼の手がのびる。

縮こまっているものを掴まれて、息を呑む。

その状態のまま二本の指で袋に触れられて、僕は「あっ」とみっともない声を漏らした。

「やっ……、ちょっと、へっ……変なとこ、触るなぁっ！」

下腹が、きゅんっと甘く引き攣《つ》れる。

――ぁっ、やばい、このままじゃ僕……っ。

こんな状況だというのに、股間が淡く疼《うず》いている。

僕のことを拘束した男の目の前で、硬く膨らませたくない。

なのに、心とは裏腹に揃えた二本の指の先でそこを持ち上げられ、ぐにぐにと動かされると、男に掴まれたものが熱を持ち始めてしまう。

「離せよ、この変態っ。ぁっ、やだっ、弄《いじ》らないでっ……」

「優吾、いやらしく喘《あえ》がないでくれ。それに、そんなふうに脚を閉じようとしたら、肝心《かんじん》の場所が見えない。もっとちゃんと、大きくぱっくり開いて俺に見せてくれないか？」

「やっぱり変態じゃないかっ」

「違う。今の俺は君に、いやらしいことがしたいんじゃない。君が積極的に協力してくれたら、すぐに終わる」

二本の指が僕の裏筋をスゥッと撫で上げる。

途端に僕のものはビクビクッと震えて頭を擡げた。

「こんなっ……ぁ、ぁっ、……やだ、勃《た》っ……ゃぁっ」

「困ったな。そんなふうにそそる声で可愛く啼《な》かれると、誘われている気がして、ついつい必要以上に弄って勃たせてしまう」

「そんな、ひどいっ。僕は誘ってなんかないのに！」

「心配しなくても、嫌がっているのはわかっている。さて、優吾。今からもう一か所、確認させてもらうよ。これが最後だ」

何でもいいけど、このままじゃ射精《しゃせい》したくなってしまう。

他に確認する場所があるなら、さっさとそっちに移って、早く終わって欲しい……そう思ったのが、間違いだった。

揃えられた二本の指が、探りながらゆっくりと狭間を滑り、お尻へ降りる。

窄《しぼ》まりで止まった指は、皮膚を軽く引っ張って拡げようとする。

とんでもない場所を触られて、たちまち興奮状態が醒《さ》めていく。

「いやぁっ！　離せっ、離して……っ」

「何もしない、見るだけだ。とりあえず、隠しているものを引っ張り出すための糸のようなものは出ていないな。……優吾、やっぱり指を挿れて、中も確認していいか？」

「なっ……、だめっ、やだっ、そんな恥ずかしいこと冗談じゃないっ」

陽の光が燦々《さんさん》と降り注ぐ室内で、悲鳴混じりの声をあげる。

男の指が、窄まりの上で円を描く。

今にも指が挿ってきそうで、僕は全身を動かして抵抗する。

けれど拘束されている僕が暴れても、身体を揺すっているだけにしかならない。

「ゆ、指なんか挿《はい》らないからっ。挿れたら承知しないからな！」

「挿らないことはない。なるべく痛くないようにするから、安心しろ」

「……やっ、絶対やだっ。そ、そんなことをしたら警察に訴えてやるぅっ！」

「警察、か。なるほど、自分から警察なんて言葉を出すあたり、奥に何か怪《あや》しい物を隠しているわけではなさそうだな」

わかったと頷いた男が、拍子抜けするくらいあっさりと指を離す。

「優吾、君を信じよう」

「あなたが僕を信じてくれても、僕は、あなたを信用できないんですけど！」

抗議の目で、僕は男を睨みつけた。

見れば見るほど、かっこよすぎてくらくらしそうだ。

でも、どんなにルックスがよくても、僕のお尻の穴に指を突っ込もうとした男だ。

子供がいようと何だろうと、あやうく指を挿れられかけた僕にとって、とんでもない男だっていうのは変わらない。

「本気で指を挿れるつもりはなかった。あれは、君を試すために言ってみただけだよ」

肩をすくめて、男は僕の姿勢を変えた。

少しだけ筋肉の張りが楽になり、とりあえずホッと息をつく。

……とはいえ、見ず知らずの男の前で真っ裸の状態だ。

心の底からのリラックスには程遠く、少しでも彼から離れようと僕はベッドの上でもぞもぞ動く。

「優吾が暴れないと約束するなら、ロープも解いてあげよう」

「そっちこそっ。これ以上、変なことをしないって誓ってくれるなら、僕も暴れないと約束します！」

勇《いさ》ましさに欠《か》ける顔立ちの僕が凄《すご》んでみても、迫力がないのはわかっている。

けれど、国家権力や国際問題には、この男だって怯《ひる》むかもしれない。

「変なことをしたら、真っ裸のままでも速攻で警察に駆け込みますからっ」

「警察に駆け込みたいなら、そうするといい。そもそも不法侵入の罪を犯《おか》しているのは君のほうで……いや、まあいい。それにしても、君はそんなにきれいな顔立ちをしているのに、なかなかいい度胸《どきょう》だな」

「顔は関係ないでしょうっ」

「お願いだから、あまり大声は出さないでくれ。うちの天使たちが起きてしまう」

さっきあれだけ騒いだんだから、今更じゃないか。

そう思ったものの、僕だって、このまま縛られていたいわけじゃない。

「じゃあ、早く解《ほど》いてください」

「言っておくけれど、もし暴れたら、即座にまた縛り上げるから。いいね？」

念を押されて、渋々《しぶしぶ》頷く。

きつく拘束していたロープが解かれて、ようやく自由を取り戻した僕に、男は白いシーツを投げて寄越した。

真っ裸でいるよりはマシなつもりで、シーツをぐるぐる巻きつける。

僕がすることをじっと僕を見ていた男は、まだ警戒している僕の隣に腰を降ろした。

「手荒な真似をして悪かった。だが、それは君の不法侵入の罪で帳消しにして欲しい」

黙って住み着いていた点を指摘されると、不満があっても強くは出られない。

何よりも、一応は謝罪してくれている。

ひとまずは、僕も彼に対して不法侵入を謝罪したほうがいいんだろう。

──でも、僕も謝るっていうのは癪《しゃく》に障《さわ》るな。

僕だって、寝ている間に縛られたし、真っ裸にされた。

股間を揉まれて弄られて、お尻の穴も見られて触れて、その挙句、中に指まで挿れられるんじゃないかと怯《おび》えもした。

それでも彼の言い分を信じるなら……警察に突き出された場合、空き家を勝手に使っていた僕のほうが立場は弱そうな気もする。

「ところで、君はさっき自分のことを、家出人だと言っていたな。ここを追い出されたあとは、どうするつもりだ？」

尋ねながら、男はじわじわと僕に近寄ってくる。

拘束が解かれて自由になったといっても、貧弱な僕には力で勝てる自信はない。

僕は彼が詰めた分だけ横にずれて、ふたりの間の距離をあけた。

「優吾には、他に行くあてがあるのか？　それとも、これに懲《こ》りて親元へ帰る？」

「帰りません。けど、そんなの、あなたには関係ない話でしょう！」

「ふむ。君は、まだ気が立っているようだな」

あくまでも、男にとっては他人事だ。

しかし、された側の僕にしてみれば、そんなにサラリと流せない。

「あ、あんなことされたら、誰だって……っ」

羞恥と怒りで、僕の声は震えていた。

ふと気づけば、空《あ》けたはずの距離がなくなり、密着状態になっている。

適度に距離をあけたくても、僕はもう隅まで追い詰められていた。

「では、もし今日の俺のように、留守の間に優吾の家に見知らぬ人間が寝ていたら？」

さりげなく僕の膝に男が手を置く。

途端に身体が強張《こわば》るけれど、それ以上何かするふうでもない。

たまたま手を置いた場所に僕の膝があった、という感じなんだろうか？

それにしても、どうしてこの男は、さっさと僕を追い出そうとしないのか。

浮かんだ疑問に気を取られている間に、男の手は離れていく。

「優吾。君だって、もしそんなことがあったら、警察に通報する前に自分や家族に危害のないよう処置するだろう？　しかも、俺にしてみれば引っ越し当日のこれから暮らす家。それにここは親しい者もまだいない異国の、知らない街だ」

彼の話が真実なら、オーバーなくらい警戒しても仕方ないのかもしれない。

子供連れで海外から引っ越してきたと言うなら、なおさらだ。

「警官が来る前に目を覚まして暴れ出すかもしれないし、拳銃《けんじゅう》を隠し持っている可能性も充分に考えられるんだからね」

「確かにそうですけれど、でも……」

「君にしてみれば、俺の警戒が行き過ぎたものだったというのは理解できる。だから、謝罪したじゃないか。もちろん、優吾を警察に突き出す気もない」

約束したからなと微笑《ほほえ》む男の手が、今度は僕の太腿の上に乗る。

でも、さっきと違って僕の緊張も和《やわ》らいできているのか、一瞬ドキッとしただけで身体が緊張するところまではいかない。

「あの状況で警察って言葉が素直に出るあたり、優吾は基本的にごく一般的な善性を持った人間なのだと思う。今だって、渡したシーツで身体を隠しただけだからね」

「ええと、不法侵入していたとはいえ、僕が悪い人間ではないと信じてくれる、っていうことですか？」

「優吾に俺を害する気があれば、シーツを俺に被せて一時的に視界を奪った上で、殴る蹴るの暴行を働くこともできた。けれど、君はそれを考えもしなかったようだ」

「暴力は、嫌いですから。被害者にも加害者にも、なりたくありません」

「俺も、君に危害をくわえるつもりはない。だから、優吾もそれを理解して、俺のことを信用して欲しい」

　――信用するも何も、このあとは、僕が追い出されておしまいじゃないか。

　地元でも有名な幽霊屋敷だったから、まさか家主がいるとは思わずに勝手に住み着いていたけれど、住人がいるなら出ていくしかない。

　そう思いつつも、とりあえず「わかりました」と頷く。

　信用できようができまいが、出ていく身なら関係ないからだ。

　僕の返事を聞いて、男が表情を緩める。

　ほんの少し嬉しそうに見えるのは、僕の気のせいか……。

「ちょっと聞きたいんだが、優吾は、小さな子供が好きか？」

「子供ですか？　まあ、嫌いじゃないですよ」

男の表情に気を取られていた僕は、唐突な質問に面食《めんく》らいながら答えた。僕のほうにやや身を乗り出しているせいで、太腿の上に乗ったままの彼の手が、ほんのりと重みを増す。

「男っぽくない顔をしているせいか、子供には懐《なつ》かれることも多いですし……」

「なるほど。それを聞いて、ますます安心した」

にっこり笑って、男はベッドから腰をあげた。

それから、名刺らしきものを取り出して僕に差し出す。

「あの、これ……英語、じゃないですよね？」

なかば反射的に受け取ったものの、外国語の苦手な僕には、そこに何と書いてあるのかさっぱりわからない。

「フランス語だ。日本人用の名刺は、まだ作っていなくてね」

「はあ……」

「まだ日本には出店していないんだが、このブランド・ロゴを見たことはないか？」

「すみません、僕、ブランド物はよくわからなくて」

「そうか。まあ、いい。俺はこの会社の、日本人向けのブランドを立ち上げ、出店するために来たんだ。……とは言っても、まだそのための準備室を作っている段階だがな」

――何を考えているのかな、この男。

就職浪人でバイトの身、家出中で住所も不定な僕に名刺を渡して、どんな仕事をしているのかを説明しても、どうしようもないと思うんだけど。

「実は、優吾にひとつ提案がある」

不可解な行動に首を傾げている僕の顔の前で、彼は右手の人差し指を立てた。

彼のこの指は、さっき、僕のむき出しの下肢《かし》に触れていた指だ。

そう思うと恥ずかしくて、自然に指から目が逸《そ》れる。

「優吾。もし、この家を出たあとの君に、特に行くあてがないのなら、うちに住み込んでベビーシッターと簡単な家事をしてくれないか？」

「はあっ？　ちょ、ちょっと待ってくださいっ。あのっ……本気ですか？」

「もちろん、本気だ」

大真面目な顔で肯定されて、二の句が継げない。

ぽかんと口をあけて、本当に本気なのかと彼を見つめる。

もう一度同じ質問を繰り返したい気分が伝わったのか、男が頷く。

「俺はバカンスではなく、ビジネスのために日本へ来た。年単位で日本にいる予定だから、小さな息子たちも日本に連れてきた。だから、ベビーシッターとして君を雇いたい」

「い、一体、何を考えているんですか！　いきなりそんな、しかも勝手に住み着いていた僕なんかに……正気ですか⁉」

「仕事に子供を連れて行くわけにはいかない。俺には、日中に子守りをしてくれる人間が必要だ。ついでに家事も頼めるとありがたい。それは君にもわかるな？」

「わかります、わかりますけど、でもっ……」

――子供の安全のために、あんな場所までチェックしたんじゃないのか⁉

それで僕を無害だと判断したなら、確かに僕は無害だ。

けれど、だからって僕に頼もうとするその精神構造というか思考回路が理解できない。

「お子さんがいるなら、母親もいるでしょう？　あなたの奥さんが子供の面倒をみて、家事をすればいいじゃないですか」

「残念だが妻は去年、他界《たかい》した。日本に来たのは俺と息子たちだけだ。だから、子供の面倒をみながら一緒に留守番をしてくれる人間を雇いたい。住み込みなら、なおいい」

「あ……、ごめんなさい」

「謝罪の必要はない。つまり、そういうわけだ。どうせ、誰か雇わなくてはならない。良い人間か、悪い人間か、子供に危害を加えないか……どんな人間を雇うにしても、結局、最初は相手のことはわからない」

そうだろうと言われて「はあ、まあ」と答える。

「雇う相手との信頼関係を、最初から構築しなくてはいけないなら、君でも問題はない」

ひょっとして、大事なことを失念《しつねん》しているのかもしれない。

僕は、更に話を続けようとする彼を「あのっ」と遮った。

「忘れちゃったんですか？　僕は、この家に不法侵入していたんですよ？　そんな人間にベビーシッターを頼むなんて」

「故意に壊したものは、何もないんだろう？」

わざとじゃなくても、壊れたものはひとつもない。

勝手口のドアだって、壊そうとしたわけじゃない。

「他の部屋もチェックして回ったが、勝手にこの家にあるものを売り払った様子もない。ただ、ここをねぐらにしていただけだ。違うか？」

違わない。だけど、いくら何でも突拍子がなさすぎる。

「僕は幼児教育の知識もないし、子育ての経験だってまったくないんですよ？　ちゃんと資格を持っているひとのほうが、安心して面倒をみてもらえるはずです」

「何人か面接したが、任せようと思える人がいなかった。それに、資格があっても、隠れて虐待《ぎゃくたい》する人間はいる。だったら、ロープを解いても暴力をふるおうとしようとしない優吾のほうが、まだ、俺は信用できる。それに一番大事なのは、子供が優吾に懐くかどうかだ」

どうやら、男は心の底からの本気で言っているらしい。

正直……家出中の僕にしてみれば、すぐにでも飛びつきたい申し出だ。

友達の家を泊まり歩くのにも限界があるのは、もう充分わかっている。

たいていは、ふたつ返事で泊めてくれていたけれど、僕自身に迷惑をかけているという引け目もあった。

ここに子供がいて、僕が一緒に留守番する。

住み込みのベビーシッターになるなら、この家を出ていかずに済む。

男として屈辱的な恰好をさせられたり見られたりしたけれど、空き家のつもりで勝手に住み着いていた僕に、そもそも非《ひ》があるわけで……。

「さっき、ついでに家事も頼みたいようなことを言ってましたよね？」

「洗濯や食材の買い出し、宅配の受け取りをしてもらえると嬉しい」

「その程度なら僕でもできますけど、料理は、ものすごく簡単なものしか作れませんよ？」

「構わない。料理なら、俺が慣れているからな。それに、俺たち大人はテイクアウトやデリバリーを利用すればいい。子供の分は、もう少しちゃんとしたいが……」

――今、俺たちって言っていた？

まだ引き受けると返事していないのに、もうすでに僕も含まれているらしい。

気が早いと思う反面、戦力としてあてにされている気がして、ちょっと嬉しい。

「家事については、できる範囲で構わない。引き受けてくれるなら、毎日の食事と今いるこの部屋を君に提供する」

「それなら、まあ……」

「もちろん、君には別途賃金も支払おう」

ああ、そういえば日中ここにいて子供と留守番をするなら、今のバイトをやめなきゃいけないんだった。

この男が、毎日きちんと定時に帰ってこられる仕事をしているなら、時間を減らしてシフトを変えてもらえばいいのかもしれないけれど、それだと逆に迷惑になりそうだ。

せっかく雇ってもらって、食事にも気を遣ってくれていたのに。

毛布だ何だと寄付してくれたパートさんたちにも、悪いことをしてしまった。

すごく良くしてもらっているのに、短期間でやめるなんて顰蹙《ひんしゅく》を買うだろうか。

でも、住む場所を心配しなくていいというのは、何よりも優先したい重要事項で……。

「どうした？　まだ心が決まらないのか？」

迷いが表情に出ていたのか、男の声のトーンが落ちる。

「いえ……警察に突き出されるよりは、ずっとマシですから。お子さんが僕を嫌がらないようなら、引き受けます」

「よし、決まりだ！　じゃあ、あとは、うちの天使たちが君を歓迎するかどうかだな。そろそろ昼寝から起きる頃だ。早速、会ってみてくれないか」

パタパタッという軽い足音がしたのは、僕が「わかりました」と返事をした時だった。

2階にある別の部屋のドアを開ける音がして、子供特有の高い声が廊下に響く。

どうやら、昼寝中だという子供が起き出して、父親を探しているらしい。

――ここにいるって教えてあげないのかな？

僕なら、きっと声をあげて所在を教える。

けれど、男は何をするでもなく、ただ黙って僕に微笑んだ。

隣の部屋のドアノブがガチャガチャと回され、パタンと開く音がする。

子供は、隣の部屋で何やら大声で叫んでいる。

聞こえてきた声に、男はプッと噴きだしかけて口を手で押さえた。

肩を揺らして笑っている姿は、いかにも楽しげだ。

「あの、お子さんは何と言っているんですか？」

「え？　ああ、夢の中でいちごのショートケーキを食べようとしていたのに、俺が急にあらわれて、手づかみで取り上げてひと口で食べてしまったらしい。それで、夢の中で食べ損《そこ》ねたケーキを今すぐに弁償《べんしょう》してくれと訴えているんだが、その合間に、いつも自分の行儀《ぎょうぎ》の悪さを叱《しか》るくせに、夢の中で俺の行儀が悪かったと文句を言っているんだよ」

説明してくれている途中で、この部屋のドアノブがガチャガチャと音を立て始める。

子供の声はまだ続いているけれど、改めての通訳がないあたり、きっと内容的にはあまり変わりがないんだろう。

「あっ……、あの、お名前をお伺《うかが》いしてもいいですか？　今お子さんが叫んでいる内容もそうですけれど、名刺の内容も、僕には全然わからないんです」

「俺はテオドール・シュヴァリエ。今この部屋に入ってこようと頑張っているのは、息子のアンドレだ」

父親に紹介されるのを待っていたかのようなタイミングで、ドアが開く。

なかばよろめきつつ入ってきたのは、巻きの強い栗色の髪に白い肌、ブラウンの色味が強いヘーゼルの瞳の、本当に小さな子供だった。

室内に父親の姿があるのを見るなり、子供は「パパぁ」と駆け寄り、抱きついた。

小さな手が、父親のズボンを力いっぱい握りしめている。

子供の話しぶりを聞いていると、さっき父親のテオドールが説明してくれた内容を、また繰り返しているみたいだけれど……横顔には、安堵感がはっきりと浮かんでいる。

まだまだ、背が低い。つま先立ちになってやっとドアノブに手が届くくらいだ。

ガチャガチャ鳴らしていたのはそのせいらしく、ドアが開いた時もノブにぶらさがる恰好になっていた。

フランスから日本にやってきて、これから暮らす家での初めて昼寝をして、目が覚めてみたら父親がどこにいるかわからない……そりゃあ心細くなって当然だ。

「アンドレ、お客様にご挨拶しなさい」

「おきゃくさま……あっ、こんにちは！」

落ち着いた声に促された子供が、初めて第三者の存在に気付いた顔で僕を見る。

――あれ？　でも今のって、日本語？

こんな小さな子供なのに、日本語が理解できているのか。

そういえば、フランス語しか話せない子供なら、いくら面倒を見ようとしても、意思の疎通《そつう》は難しいだろう。

喋《しゃべ》るのは無理でも、せめてこっちの話が理解できれば……。

「ママとおんなじ……？」

可愛らしい声が、日本語で呟く。

不思議そうに首を傾《かし》げた息子に、テオドールは「同じ、日本人だ」と答えた。

それから、抱きついたままのアンドレくんの肩に手をかけ、僕のほうに向き直させる。

「アンドレと違う。目も髪も、黒いよ？　あなた、だあれ？」

「えっと……堂島優吾です、はじめまして。君は、アンドレくん？　何歳なのかな？」

腰掛けていたベッドから降りて、中腰でアンドレくんの視線の高さに合わせる。

アンドレくんは胸を張り、「僕？　三歳！」と言いながら指を2本たててみせた。

「おい。アンドレ、それでは二歳だ。指が一本足りない」

「……間違った。三歳、…パパ、合ってる？」

振り仰いだアンドレくんに、「そうだ」とテオドールが頷く。

親子の微笑ましいやりとりを見ていると、僕の顔にも笑みが浮かぶ。

――髪の色はアンドレくんのほうが明るい色なんだな。

それに、同じような巻き毛でもテオドールのほうが緩《ゆる》い。

親子揃ってヘーゼルの瞳をしているものの、こうして見比べてみるとアンドレくんはブラウン系、テオドールはダークグリーン系だ。

「ユーゴは？　何歳？」

アンドレが、無遠慮な目でじろじろと僕を見る。

二十四歳だと答えると、アンドレは目を丸くして「ノン！」と頭を振った。

「ユーゴ、うそついたらダメっ。パパと3歳しか変わらない？　うそ！」

「あの……、この場合は、どうしたらいいですか？」

「日本人は、若く見えるからな。そういえば、免許証を持っていると言っていたが、まだ見せてもらっていなかったな」

ヒップバッグの中の財布に入っていると言ったのを覚えていたらしいテオドールが、改めてそれを言う前に取りに行く。

テオドールが財布を取りだして、中を見てもいいかと言いたげな表情で僕を見る。

頷いた僕に、アンドレくんは興味津々《しんしん》の顔で「どっち？」と尋ねた。

「何が？　二十四歳っていうのが、嘘か本当かっていう意味？」

「ちがう。ユーゴは、男？　それとも、女？」

「僕は男だよ。もちろん、嘘じゃない」

またしても嘘だと言われたら……そう思って先回りした僕の脚に、アンドレが唐突に全身をぶつけてくる。

「アンドレ、確かめてあげるよ！」

「わっ！　あぶないっ……」

思わぬ攻撃にバランスが崩れて、転びかけたのを踏みとどまる。

三歳児とはいえ、膝を軽く曲げた中腰の状態でいきなり全力でタックルされると、転んでしまう危険性があるようだ。

右足を一歩ひいて転倒を防《ふせ》いだ僕は、巻きつけている白いシーツをたぐりあげたアンドレくんに呆然とする。

「な、何？　ちょっと、アンドレくん!?」

僕が身体に巻きつけているシーツに、もそもそと入っていったアンドレくんが、いきなりそこを掴みとる。

「なっ、……っ」

「あった！　ユーゴにもついてた！」

小さな手が、僕のそこを掴んで誇らしげに報告する。

拘束されていた時に、一旦《いったん》中途半端に高揚《こうよう》させられたそこが、予想外の出来事に驚いてビクッと震える。

「ちょ、ちょっとアンドレくんっ、離っ……」

「ねぇパパ、ユーゴ、男だったよ！　でも、今、ビクッてしたよ？　どうして？」

余計な報告をするアンドレくんに、顔がカァッと熱くなる。

僕の免許証を財布に戻していたテオドールは、困っている僕を見て苦笑した。

「すまないな。俺が中途半端に昂《たか》ぶらせたせいで……勃ちそうか？」

——ああ、よかった。僕がこんな小さい子に対して、そういう感情を持つような人間だなんていう勘違いはされてなかった。

万が一、彼がそんな誤解をしていたら、僕に対してテオドール自身が行ったことを思い出させなくちゃならないところだ。

ホッとして、頷いて……でも安堵できたのは一瞬だけだった。

「あ、……っ」

アンドレくんが、右へ左へとせわしなく頭を動かすたびに、柔らかな髪が股間を嬲《なぶ》る。

純粋な興味かもしれないけれど、小さな手と指がそこを撫でたり揉んだりするものだから、変な声があがりかける。

「もう、……っ、……早く離して、出ておいで」

「あっ。また、ビクビクした。ユーゴ、どうして？」

「……アンドレくんが、いきなり掴んだり撫でたりするから、びっくりしたんだよ」

「ごめんなさい。ユーゴ、おしっこ出たくなった？　だからビクビクするの？」

小さな手が、僕のそこをにぎにぎする。

ビクビクと反応するのが、面白いのかもしれない。

いくらそんなつもりはないとは言っても、弄られたらどうしようもなく弱い器官なのは隠しようもない事実で……持ち主の僕としては、ちょっと焦《あせ》る。

「今は、出ないよ。アンドレくんの髪がくすぐったいんだ。ほら、もう出ておいで」

アンドレくんにそう促《うなが》しながら、僕は救いを求めてテオドールに視線を投げた。

でも、困っている僕を見ているのが楽しいのか、彼は笑ってこっちを見ているだけだ。

ベビーシッターを頼むんだから、ひとりで対応しろってことかもしれない。

それ以外に、父親の彼が笑って眺めている理由は見当たらない。

――大人が困ったり嫌がったりするのが面白くてたまらない年頃って、そういえば僕にもあったよなぁ。

男同士とはいえ恥ずかしさはある。けれど、恥ずかしいのは今更だ。

だって、外見だけは天使みたいに可愛い悪戯《いたずら》っ子にも、その父親にも、すでにありえないくらいの至近距離から見られている。

そこは熱くなり始めているから、今、巻きつけているシーツを離したら、軽い興奮状態になっているそこを見られてしまうけれど、テオドールには、それもさっき見られた。

「お願いだよ。もう出ておいでよ、アンドレくん」

「やーだっ。ビクビク、おもしろい。ユーゴ、もっとビクビクして！」

僕を困らせて、完全に楽しんでいる。

だったら、身体に巻きつけているシーツをほどくだけだ。

「アンドレくんが、どうしても出てこないつもりなら……」

ガバッと開くつもりでシーツに手をかけた僕の視界の隅に、小さな足が入ってくる。

おやっと思いながらそちらに目を向けた僕は、開いたままのドアから入ってきた小さな男の子を見てギョッとする。

僕の股間を髪と手で悪戯していたはずのアンドレくんは、眠そうに目をこすっていた。

「ええっ、アンドレくん!?　でも、……えええっ、うそ!?」

昼寝から起きたばかりらしい小さな子が、てとてと、テオドールに駆け寄る。

テオドールより少し明るい栗色の巻き毛も、ブラウン系のヘーゼルの瞳も、見れば見るほどアンドレくんとしか思えない。

呆然と見つめている僕の目の前で、長身の父親の脚に抱きついて「パパぁ……」と顔をこすりつける姿は、甘えっ子モード全開の可愛さだ。

「そんな、だって今ここに……、っ、……ぁ、んっ」

僕に悪戯しているアンドレくんが、どうしてそこにいるのか。

疑問を声にしようとした僕の股間が、さわさわっと嬲られる。

「ユーゴ、アンドレ呼んだ？　ここだよ？　ほら！」

存在を主張するように、アンドレくんが盛大に頭を振る。

柔らかな髪が僕の肌の上で乱れて、小さな手に握られているものの裏側をこれでもかというくらい、さわさわとくすぐる。

「あ、ぁっ、……っ、ちょっと、待っ……、ゃっ、だめ、そんなにしたら……っ」

先端が、今にもじんわりと濡れてきそうで、僕は慌てて腰を引く。

すると、アンドレくんはますます僕の脚に抱きついた。

腰を逃がそうとした分だけアンドレくんの頭が入り込む。

しまったと思った時には、もう遅い。

その状態で、なおもアンドレくんに頭を振られて、先走りがちろりと漏れる。

たまらず「んゃっ」と腰を震わせ、慌ててシーツで先を覆う。

何も気づいていないアンドレくんは「面白い声―っ。ユーゴ、今のもう一回っ」と無邪気に笑った。

「ユーゴの、ビクビクして、熱いね。どうして？　今度は、おしっこ出たくなった？」

――おしっこじゃないものが出るから、それ以上したら、だめ！

アンドレくんにはきっと他意《たい》はない、邪念《じゃねん》もない。

穢《けが》れを知らない小さな子供の、純粋な興味と好奇心なんだろう。

それはわかっていても、このままでは、僕は三歳児に悪戯されて射精するはめになる。

テオドールの手によるボディーチェックでは射精せずに済んだけれど、それ以上に、アンドレくんに追い込まれて射精するなんて、あってはならない事故だ。

僕は顔をひきつらせながら「出たくなってきたから、離れようね」と促した。

けれど、それでもまだアンドレくんは離れず、頭を動かしたり、もうすっかり硬くなっているものを、にぎにぎ、ふにふにしている。

――ああっ、シーツが先走りで濡れて、シミが……っ。

どうにかしてくださいと言うつもりで焦ってテオドールを見ると、彼は僕の窮状《きゅうじょう》には気付いていないのか、足にしがみついている子にフランス語で話しかけている。

寝起きでぐずっているらしいアンドレくんそっくりの子が、嫌々《いやいや》と頭を振る。

でも、父親のテオドールが背中に回していた手でポンポンと二度軽く叩くと、驚くほどすんなりと離れた。

――そういえば、拘束されていた時に僕にも、あんなふうにしていたな。

この話はこれでおしまいっていう合図だと話していた気がする。

だったら、試してみる価値はある。

「……っ。ア、アンドレくん、おしまいにしよう?」

テオドールを真似て、僕はシーツの中のアンドレくんの背中を優しく二度叩いた。

ポンポンってした途端に、アンドレくんは拍子抜けするほどあっさりと僕の下肢《かし》から離れ、シーツから出てくる。

――や、やっと離れた。もっと早く気付けばよかったなぁ。

次にやめさせたい時は、さっさとこうしよう。

しっかりと頭と心にメモをして、僕はもうひとつの問題に取り掛かった。

「アンドレくん、あっちにいるアンドレくんそっくりの子は、誰?」

「ちがうーっ、ユーゴまちがえたらだめ!」

そっくりの子と言ったのに、どうやらアンドレくんには、それは理解できなかったらしく、地団駄《じだんだ》を踏んで「ちがうちがう」と繰り返す。

「僕がアンドレ。あれはニコル! お兄ちゃん」

「お兄ちゃん……ひょっとして、双子《ふたご》?」

「そう、それ。ニコルもアンドレも、三歳。一緒」

指を二本立てて見せるアンドレくんに、「それだと二歳だよ」と指摘すると、幼くても間違えると恥ずかしいのか、顔を赤くして慌てて指を追加する。

それにしても、これまで、リアルに身近には双子っていなかったから、まさかアンドレくんが双子の片割れだとは思わなかった。

「まあ、そういうことだ。優吾には、うちの双子の面倒を見て欲しい」

双子の兄のニコルくんが、テオドールに背を押されて前へ出る。

どうやら、双子は双子でも物怖《ものお》じしないアンドレくんと違って内気なようだ。

「アンドレくんだけじゃなくて、ニコルくんも、日本語が喋れるんですね」

「去年他界した妻が日本人で、日本語しか話せなかったからな」

なるほどと頷いた僕に、ニコルくんが一歩近づく。

知らない人を警戒しているというよりは、どうしたらいいのかわからない様子だ。

「ニコル、ユーゴは怖くない。おいでよ！」

アンドレくんは元気いっぱいの声で誘うと、タタタッとニコルくんに駆け寄って手を取り、僕のそばまで引っ張ってくる。

弟に連れて来られたニコルくんは、「ママとおんなじ……？」と呟いた。

「そうだよ、ニコル。黒い目、黒い髪だよ」

「ほんとだ、真っ黒……」

僕にしてみれば、日本人で髪を染めていないなら黒いのは当たり前で、カラーコンタクトでも入れない限り目が黒いのも、ごく普通だ。

なのに、ニコルくんはうっとりした眼差しで僕を見ている。

さっきまで傍若無人《ぼうじゃくぶじん》に振る舞っていたアンドレくんも、ニコルくんに釣られたのか、同じくうっとりした顔をしていた。

「えと、ユーゴ？　あのね、あのね、僕ね……」

もじもじしていたニコルくんが、いつの間にか僕が身体に巻きつけているシーツを小さな白い手で握っている。

「どうしたのかな、ニコルくん？」

脅《おど》かさないように、僕はその場にゆっくりとしゃがみこむ。

幸《さいわ》いなことに、小さな双子の純粋な視線に晒されたせいか、一旦解放しないとダメだろうと思っていた僕のそこは、もうすっかりおとなしくなっていた。

「髪、触りたい。ユーゴの髪、ママとおんなじ、サラサラ」

視線が同じ高さになった僕に、ためらいがちに手が伸びる。

僕を見るニコルくんの目に、母親への懐かしさが浮かんでいる。

返事をする前に触りそうな雰囲気なのに、小さな手は触れる前に止まった。

外見がよく似ている兄弟だけれど、アンドレくんとニコルくんは、性格は結構違ってい

るらしい。

「いいよ。ニコルくん、どうぞ」

触りやすいように頭を下げると、おずおずと触れてくる。

「あっ、ニコルずるい！　僕も触りたいっ。ユーゴ、アンドレも触っていい？」

「はいはい。じゃあアンドレくんも、どうぞ」

許可が出るまで触らなかったニコルくんと違って、アンドレくんは返事を聞く前にもう触っている。

性格に違いはあるけれど、ふたり揃って手つきは同じだ。

まるで壊れ物に触れるように、そぉーっと撫でている。

繰り返し撫でる手は飽《あ》きることを知らないようで、黙って撫でさせているうちに、どちらともつかない切ない声が「ママ……」と呟いた。

——そうだよな。まだ、甘えたい盛りだよね。

僕と違って、もっときちんと専門の教育を受けているプロのベビーシッターさんは、世の中にたくさんいるだろう。

けれど、テオドールの言うように、人間性までは履歴書からはわからない。

「……ニコルくん、アンドレくん。君たちのパパがお仕事をしている間、僕と一緒に、上手にお留守番ができるかな？　僕じゃ、いやかな？」

髪を好きなように触らせたまま、彼らの意志を尋ねてみる。

勢いよく「いやじゃないよ！」と即答したのは、案の定アンドレくんだった。

「ニコルは？　ユーゴとお留守番、する？　できない？」

「できるよ。あのね、ユーゴ。僕、お昼寝する時に、おはなし読んでほしいの」

頭を差し出したまま「いいよ」と答えた僕の顔を、しゃがんだ双子が覗き込む。

ちょっと照れた表情のニコルくんと、何だかわくわくしている顔のアンドレくん、ふたりのＯＫが出たということは、ベビーシッター決定だ。

「さて、昼寝のあとのおやつが欲しいなら、手を洗ってダイニングへ行こう」

口々に「ほしい！」と答えた双子が、我先に部屋から飛び出そうとするのを、慌てた顔で手をのばしたテオドールが引き留める。

「そんなに急がなくていい。階段から落ちたら痛いぞ。……優吾、着替えたら降りてきてくれないか？　早速だが、引っ越し荷物の片づけを手伝ってもらえると助かる」

わかりましたと答えて、三人を部屋から送り出したあとになって、ふと気づく。

——読んで欲しいって持ってきた本が、フランス語だったらどうしよう？

日本語で書かれた本限定だと、しっかり釘を刺しておかなければ。

うっかり言い忘れると、アンドレくんの悪戯以上に頭を抱《かか》える事態に追い込まれるのは確実だった。

平謝りで事情を話して、すぐにバイトをやめたのは、店にとっては迷惑であっても、つくづく正解だったと思う。

時期的に次のシフトが渡される前だったのも運が良かった。

「ああーっ！　ユーゴ、大変っ。アンドレがミルクこぼしたーっ」

ニコルの声に僕は畳み掛けていた洗濯物を放り出して、取り入れたばかりのタオル片手にかけつける。

「じっとしていて、アンドレ。お気に入りのマグカップを落とさなくてよかったよ」

「よくないよ、ユーゴ。僕のミルク、なくなっちゃった……」

この世の終わりかと言いたくなるほど、アンドレが盛大な溜め息をついて肩を落とす。

「ミルクなら、まだあるよ。でも、このマグカップじゃないと、いやなんだろう？」

「うん。だって、ママがアンドレに買ってくれたマグだもん」

「落としていたら、割れたかもしれない。ミルクよりもマグのほうが大事だよ？」

頷いたアンドレは、横倒しになったままの水色のマグカップを、小さな両手でテーブルから落ちないように押さえている。

改めて牛乳を入れるために、その手からマグカップを取り上げた僕は、ふちが欠《か》けたりヒビが入ったりしていないのを確認して、ふぅっと安堵の溜め息をついた。

寝ているところを拘束された日をカウントしてもまだ三日しか経っていないけれど、内気そうに見えたニコルもすぐに僕に慣れたし、双子の騒々《そうぞう》しさに僕も慣れた。

僕がニコルくん、アンドレくんと呼んでいたのも初日だけだ。

ふたりを『くん』付けで呼んでいたのをやめたんじゃなくて、追い回したり宥《なだ》めたりしているうちに、何だか自然に取れてしまった。

アンドレが活発で悪戯好きらしいのは初対面からわかっていたけれど、ニコルも一旦懐くと、なかなか負けていない。騒いだり暴れたりするのが、弟より、一歩遅いだけだ。

それに、双子だからか、そういう年頃だからか、自己主張もかなりはっきりしている。

何しろ、今はもういないママの形見《かたみ》の品《しな》だとしても、絵本ちっくにライオンが描かれているいる色違いのマグカップをちょっと出し間違えただけで、サラウンド状態のブーイングが起こる。

「ユーゴ、洗濯物もう畳んだ?」

「まだだよ。あと少しで終わりだよ」

「じゃあ、アンドレがお手伝いする!」

「あっ、だめだよ、アンドレ。また、ミルクが零《こぼ》れそうになっているよ?」

改めてミルクを飲んでいたアンドレが、洗濯物のところへ戻ろうとした僕のあとを追おうとチャイルドチェアを降りかける。

積極性があるのはいいけれど、うっかりミスをしやすいのがアンドレの難点だ。

「だめだめ、あっ、またミルクこぼれた！　うわぁん、ユーゴ、僕も濡れたぁーっ」

──『僕も』ってことは、ふたりともミルクを被《かぶ》ったのか。

やれやれと思いながら、畳む前のタオルを二本持って双子のところへ戻る。

さっき零したミルクで既に軽く濡れているアンドレは範囲を広げ、ニコルのショートパンツにも被害を及ぼしていた。

「ユーゴ、アンドレ悪くないよっ。ニコルが引っ張ったから零れたっ」

「僕、引っ張ってないもん。防《ふせ》ごうとしたの！　そしたらアンドレがっ」

お互いに自分は悪くないんだと僕に言いたてる双子は、よく似た顔で、ぷぅっと頬を膨らませて睨みあっている。

双子をひとりずつ抱きかかえてチャイルドチェアから降ろした僕は、「わかったわかった、どっちも悪くない」とふたりの肩をポンポン叩く。

「ユーゴごめんなさい。僕、またこぼした。……ニコル、ごめんね」

「いいよ、もう。ユーゴ、アンドレちゃんと謝ったよ。パパに言いつけないよね？」

今お互いに言い合っていたのに、あっという間にアンドレはニコルと仲直りして、ニコルはお兄ちゃんらしく弟を庇《かば》おうとする。

目をうるうるさせて見上げる双子の頭に、乾いたタオルをパサッと被せて、僕はソファに放り出してあった携帯をジーンズの尻ポケットに突っ込んだ。

「ふたりとも濡れちゃったから、もうシャワーを浴びて、パジャマに着替えようか？」

提案した途端に、わぁっと双子が歓喜の声をあげる。

昨日のお風呂の時もそうだったけれど、声が反響しやすくて、お風呂用のおもちゃで遊べるバスルームが双子は大好きらしい。

シャワーだシャワーだとはしゃいだ声をあげる兄弟に自分の着替えを持たせて、僕も一緒にバスルームに向かう。

「パジャマに着替えたら、もう今日は零したらだめだよ？」

言いきかせると「はぁい」と双子が手をあげる。

――でも、まだ夕食前だからな。きっと、だめだろうなぁ。

双子と一緒に服を脱ぎながら、やっぱりまだパジャマに着替えるのは早いかもしれないと少し後悔して、まあいいかと考え直す。

どうせ今夜は焼きそばで、僕が作ることになっている。

今日の朝食の時、夕食は簡単なものでいいとテオドールが言ったものだから、じゃあとりあえず今夜は僕が作ってみようという話になったんだ。

双子は僕にすっかり慣れてくれているけれど、僕自身に、スーパーへ双子を連れて買い物に行く自信がない。

それでテオドールが出かける前に、ひとりでササッとスーパーに行って、カット野菜の炒《いた》め物用ともやし、冷凍のシーフードミックス、肝心《かんじん》の焼きそば用の麺《めん》と調味料を買ってきたんだけれど……。

焼きそばだし、それほど汚すことはない。と思うのは、甘いんだろうか？

「ユーゴ、携帯どうするの？」

難しい顔でシャツのボタンを外《はず》しているアンドレを手伝っていたニコルが、携帯電話を手にした全裸の僕に尋ねる。

「帰ってくる前にテオドールが携帯に連絡するって言っていたから、電話が鳴ったらすぐに出られるよう、こうしておくんだ」

ニコルの目の前でストラップを広げて、バスルームの外側のドアノブにかける。

「外？　中にしないの？　そのほうが、すぐに出られるよ？」

「中にかけると、シャワーでびしょびしょに濡れるかもしれないだろう？」

僕の説明に、ニコルが「あっ、そうか！」と手をひとつ叩き、アンドレが「ニコルー、もっと手伝ってよー」と不満を漏らす。

すでに裸になっているニコルが再び手伝おうとするのを制し、さっさとボタンを外してやって、僕は双子を浴室に追い立てた。

テオドールはもちろん、双子も、今夜は焼きそばだというのは知っているけれど、醤油《しょうゆ》を使った和風焼きそばだということは知らない。

——ソース焼きそばじゃないと知ったら、びっくりするかな？

夕食の席での反応を楽しみにしつつ、双子が飛び跳ね始める前にフックにかかったシャワーヘッドを手に取る。

子供たちの手が届かない高さに持ち上げて、シャワーがほどよい温度になってから「ケンカはしたらだめだよ？」と念を押しつつ双子に渡す。

仲良く交互にお湯を相手にシャワーを浴びせかけている双子にねだって、頭からお湯をかけてもらい、とりあえず先に僕自身が手早く髪と身体を洗ってしまう。

「さあ、次はどっちを洗おうかな？　ニコル？　それとも、アンドレ？」

ニコルが「僕から！」と手をあげると、「だめぇっ。ユーゴ、アンドレが先だよ」とじゃれ合いながらの順番争いが始まる。

きゃあきゃあと騒ぐふたりを眺《なが》めつつボディーソープをネットで泡立てて、ふたりのお腹に、ふわふわの泡《あわ》を同時に乗せる。

すぐにお互いの身体に泡を塗り広げ始めた双子を、ひとりずつボディタオルで洗おうとした僕は、着信音が鳴っていることに気付いて、慌ててドア外の携帯に手をのばした。

「ふたりとも、暴れないようにするんだよ。ソープで転んだら痛いから。いいね？」

急いで双子に注意して、着信の相手も確認せずに通話ボタンを操作する。

「もしもしっ。ごめん、もう帰ってくる？」

「おい、優吾！　お前コンビニのバイトを辞めただろうっ」

「ちょうど今、シャワーを浴びているところで手が泡だらけだったし、携帯が鳴ってることに、すぐに気付かなかったんだ……って、えっ？　大和《やまと》!?」

——しまった、誰からの電話か、ちゃんと見ればよかった！

てっきりテオドールだと思ったのに、兄の大和からの電話だったなんて。

まずいと思うものの、今更、居留守は使えない。

「一体、今どこでバイトしているんだ？　それに、シャワーって何だ？」

「シャ、シャワーはシャワーだよ。お風呂場にあるごく普通の、お湯の出るシャワーに決まっているじゃないか」

「……お前、今誰のところに泊めてもらっているんだ？　急にバイトをやめるから、心配して心当たり全部に連絡を取ったのに、誰のところにもいないじゃないか」

「なっ……、やめてよ、余計なことするなよっ。それに、僕にだって、大和の知らない友達のひとりやふたりいるんだから！」

「それは、どこの誰の家だ？　優吾、まだこの街にいるのか？」

「どこにいようと、大和には関係ないだろっ」

「売り言葉に買い言葉でうちを飛び出したせいで、あとにひけなくなっているなら、父さんには俺も一緒に謝ってやる。だから、これ以上帰りづらくなる前に、家に戻ってこい」

「帰る気になったら、その時はちゃんと帰るから、放っておいてくれないかな。あんまりしつこくうるさくすると、大和からの電話を着信拒否にするよ？」

キリなく続きそうな電話にうんざりしていると、浴室から上半身だけ出して電話に出ている僕のお尻を小さな手が撫で回した。

「……っ!?　ぁっ、こら、アンドレ！　ニコルもっ」

振り返ればボディソープの容器が横倒しになっていて、頭のてっぺんからつま先まで泡だらけになった双子が、その泡を僕のお尻になすりつけている。

「ニコル、ユーゴのお尻、もっとあわあわにしよう」

「うん。僕、左洗うの。アンドレが右ね？　ユーゴのお尻、はんぶんこだよ？」

「おいっ、アンドレとニコルって誰だ？　今、外国人と一緒なのか？　その高い声は、女の子のものだろう？」

浴室に響く声が、携帯越しに聞こえているらしい。

右と左に陣地《じんち》をわけた双子は、電話中だなんてことにはまったく頓着《とんちゃく》せずに、僕のお尻を捏《こ》ね繰《く》り回したり撫でたり、塗り付けた泡に指で線を入れたりして遊んでいる。

「優吾、まさか、おかしなバイトでもしてるんじゃないだろうな？」

「どんな変な想像をしているんだよ、大和のバカっ」

「だってお前、女の子ふたりと一緒にお風呂だなんて」

「女の子じゃなくて小さな子供だよ、しかも三歳の！　そんな変な心配しなくても、大和と違って、僕は女の子にモテたことは一度もないよっ」

「三歳児？　信じていいんだな？　……そうか、お前が今お世話になっているのは、アンドレとニコルという小さい子がいて、どちらかひとりが三歳の子供がいる家なのか」

——やばい、しゃべりすぎた！

大和のことだから、この家を突き止めてしまうかもしれない。

幸いにも、シュヴァリエ家は、まだ引っ越してきたばかりだから、双子の名前を聞いても、すぐには所在《しょざい》がバレないだろうけれど。

「とにかく、いい加減もう家に戻ってこい、優吾」

いい加減にして欲しいのは、こっちのほうだ。

今のところ家に帰る気は全然ないのに大和はしつこいし、双子には泡だらけの手でお尻を揉まれているし……。

「あーっ、だめぇ！　もーっ、はみだしたらいけないのにっ。アンドレは、そっち！」

「ちょっとくらい平気でしょーっ、けち！　……あっ、ニコル見て！」

僕のお尻の狭間を、小さな指がすべり落ちる。

「ほらほら、ここ、ユーゴのお尻の穴っ」

窄《すぼ》まりをぬるりと撫でられ、慌てて上半身を浴室に戻し、腰を引く。

「……ぁっ、こらっ、アンドレ！」

「ニコル、ここにも泡を……くしゅっ！」

やめろと言う前に、指をそこに置いたままアンドレがくしゃみをする。

くしゃみをした勢いでググッと指先が押し込まれそうになって、僕は「わぁっ」と叫びながら身体を反転させた。

「どうした、優吾？　何かあったのか？」

「な、なんでもないっ！　風邪をひくとまずいから、電話を切るよ！」

またねと言いかけて声を呑み込み、大和がまだ何か言うのを無視して通話を終える。

「ほら、ふたりとも！　ちゃんとシャワーかけてないから……」

バスルームのタイルに放り出されていたシャワーヘッドを手に取ったところで、「あっ、パパ！」「おかえりなさいっ」と双子が声をあげる。

振り返ると、いつからそこにいたのか、胸の前で腕を組んだテオドールが脱衣所の壁によりかかって立っていた。

「近くまで帰ってきた時に電話したんだが。通話中な上にシャワーを浴びていたんだな。

「……ニコル、アンドレ。優吾にいたずらしていたのか？」

微笑みを浮かべたテオドールが、浴室の入り口に立つ。

それから、「濡れるぞ」と携帯を持ったままの僕に手を差し出す。

「ちがうよ、パパ。僕たち、ユーゴを洗ってあげてたの」

「アンドレもニコルも、いたずらなんかしてないよ。ユーゴは電話だったんだよ」

「あの、兄から急に電話があって……」

何となく説明して、自分の声がどこか弁解《べんかい》めいていることに気付く。

——アンドレがくしゃみをしたから、かな？

多分それで言い訳っぽくなっているのかもしれないとひとまず自己分析をして、彼の手に携帯を乗せた。

「兄？　家族に何かあったのか？」

「いいえ、そうじゃなくて……家に戻ってこいとうるさくて。あの、すみませんでした」

「くしゃみひとつで謝ることはない。それに、優吾はもう成人しているんだろう？　独り立ちした大人なら、自己責任の範囲で好きなようにしていいんじゃないか？」

家出中だと話してあるせいか、そっちのほうでも少し気が引けていたらしい。

どことなくホッとして「そうですね」と答えた僕に、テオドールが頷く。

「それで、お前たちは優吾の尻を洗ってやったのか。しっかり洗えたか？」

テオドールが僕と話している間は静かにしていた双子が、スーツ姿の父親に、今にも飛びついていきそうになる。

「洗った！　あわあわ、いっぱいっ」

「アンドレは右なのに、僕のほうにはみ出したの！」

勢いよく突進する気配に急いで抱きかかえると、僕の腕の中で双子は「離してぇーっ」とジタバタと手足を振り乱した。

「泡がついているし、濡れているから、だめ。パパまでびしょ濡れになっちゃうよ？」

スーツのランクなんか僕にはさっぱりわからないけれど、ボディソープつきの身体で飛びつくには相応《ふさわ》しくない。

一瞬不満顔になった双子は、それでも僕の説明で納得したようで、暴れるのをやめておとなしくなる。

「ふたりとも、優吾の脚は洗ってやったのか？　それに、背中は？」

「そうだっ、まだお尻しか洗ってない！　ユーゴ、僕が脚洗ってあげる！」

「じゃあ、アンドレは背中洗う！」

はりきっている双子の身体にもう一度シャワーをかけて温めながらお腹の空《す》き具合を尋ねて、「それはまた今度にしようね」と諦めさせる。

渋々暴れるのをやめた双子は、今夜はホットプレートを使って、ソース味じゃない焼きそばを作るのだと聞いて、目を輝かせながら「焼きそばっ、焼きそばっ」と騒ぎだす。

食事にしたいならもう出ておいでとバスタオルを広げたテオドールが促すと、まずはニコルが、次にアンドレの順で争うことなく脱衣所へと移動した。

「パパ、僕ね、ユーゴのお尻の穴、みつけたよ?」

身体を洗いつつ会話に耳を傾けていた僕は、アンドレの言葉に思わず咳《せ》き込む。

そういえば、これで初日のテオドール、今日は双子と、シュヴァリエ親子には三人全員にお尻の穴まで見られたことになる。

普通に生活していれば、他人の目に晒されるなんて、ほとんどないはずなのに……。

「ちゃんと穴がないと困るからな。アンドレにも、ちゃんと穴があるだろう?」

「うん、あるよ! でね、ちゃんと穴も洗ってあげたの」

「……そうか、よかったな」

「アンドレ、偉《えら》かったでしょ!」

――そ、そんなに誇《ほこ》らしげに報告しなくても!

ものすごく微妙な気分になっている点は、「ああ、偉かったな」と答えているテオドールも、ひょっとすると同じなのかもしれなかった。

朝から活発に動き回る双子も、食事の時には座ってくれる。

ただし、静かにしているわけではなく、いたって賑《にぎ》やかなのは変わらない。

週末、日曜――今日は家にいるというテオドールが双子を着替えさせようとした僕を止めたのには、ちゃんとしたわけがあった。

「わぁいっ、パジャマのままで、ごはんだー」

「アンドレ、見て見て。たまご、とろとろのぷるぷるっ」

フォークで目玉焼きの黄身を突き刺したニコルが、まだ食べていないのに「パパ、おいしい！」と焼き具合を褒《ほ》める。

「ニコル、食べてから言ってくれたほうがパパは嬉しいぞ」

「……まちがえたの。おいしそう、だね」

綺麗に焼かれたテオドールの目玉焼きに、ニコルの隣に座るアンドレが指を立てる。

熱くないのかとチラッと心配したけれど、ほどよく冷めてきているようで、指で柔らかい黄身《きみ》を潰《つぶ》したアンドレはすこぶる上機嫌だ。

カリカリのベーコンも、焼いたのはテオドール。

僕はトースターに食パンを放り込んだだけで、添えてあるレタスは双子がテーブルの上で遊び気分にちぎったものだから少々よれよれのぐしゃぐしゃになっている。

「パパ、どうしてお着替えしてないの？」

日曜はパジャマのままで朝食を摂る習慣なのかと思ったけれど、不思議な顔でニコルが尋ねているあたり、どうやらそうではないらしい。

「今日は、近所のひとに引っ越しのご挨拶にいくんだよ」

「アンドレ、おはようって、できるよ！」

「朝の挨拶をしに行くんじゃなくて、この家に引っ越してきましたって挨拶にいくんだ」

テオドールの説明に、着替えない理由を納得する。

朝食前に着替えさせても、ご近所に挨拶回りをする時に、また着替えなくてはならない。

「どうして、ごあいさつ？」

口の周りにもパジャマにも黄身を垂《た》らしているニコルが尋ねる間に、アンドレの手がお皿にのびて、ニコルのカリカリベーコンを一枚失敬《しっけい》する。

僕に犯行を見られていたと気付いたアンドレは、自分のお皿に乗せ換えかけていたベーコンを素知らぬ顔で元に戻した。

「皆に仲良くしてもらいたいだろう？　だから挨拶に行くんだよ」

淡い苦笑を浮かべたテオドールも、アンドレの犯行を見ていたらしい。

ナイフで自分のベーコンのひと切れを半分に切り分けて、双子のお皿に乗せてやる。

理由も聞かされずに追加されたベーコンに双子は歓声をあげ、「じゃあお行儀《ぎょうぎ》よくする！」と言いつつ半分のベーコンを手づかみで持って遊び始める。

「そういうわけだから、優吾もあとで着替えてくれ」

「えっ。僕も、挨拶回りについて行くんですか？」

もちろんだと言いながら、テオドールがすでに満腹《まんぷく》らしい双子をチャイルドチェアから降ろしてやるのを見て、僕は急いでシンクに走った。

水に濡らして絞ったミニタオル2本を双子それぞれに手渡すと、ニコルとアンドレはベタベタに汚れた口の周りを自分で拭《ぬぐ》って、見てくれとばかりに顔を差し出す。

ニコルを僕が、アンドレをテオドールが、まだ残っている汚れを拭ったあと、テレビをつけてもいいという許可を父親からもらった双子は、大人しく幼児番組を見始めた。

「双子の面倒をみてもらう以上は、近所の人間にきちんと顔つなぎをしておいたほうが、いざという時に助かるだろう？　だから、優吾のことも紹介しておきたい」

「けど、僕は着替えなくても……この恰好《かっこう》じゃまずいですか？」

今の僕が着ているのは、いたってシンプルな白シャツに何の変哲《へんてつ》もないジーンズで、別に目玉焼きの黄身を零《こぼ》しているわけでもない。

カジュアルではあるけれど、特に非難されるような恰好でもないだろう。

「まずくはない。ただ、君の分の服を用意してある。色々と面倒を避けるためには、俺が用意したものに着替えて欲しい」

そう言うと、彼は朝食を手早く食べ終えてダイニングを出て行った。

あと三口ほどだったトーストを口の中に押し込んだ僕がカフェオレを喉に流し込んでいる間に、紙袋を手にしたテオドールが戻ってくる。

「これに着替えてくれ。サイズは問題ないはずだ」

「はぁ、じゃあ着替えますけど……」

手渡された紙袋そのものの質が、もうすでに上等っぽい。

いいのかなぁなんて思いつつブランド名らしきロゴの入った紙袋を受け取って、僕は薄紙に包まれた着替えを取り出した。

幼児番組を見ていたはずの双子は、ガサガサという音に釣られたのか、テレビそっちのけで僕のほうを見ている。

「ねぇアンドレ、あれ、パパの会社のだよ。パパ、ユーゴにおみやげ?」

「しってるよ。僕、あの紙であそびたいな。びりびり、ぱぁーって、雪にするの」

ニコルがパパの会社というのを聞いて、ようやく、テオドールはアパレル関係の仕事をしていることを思い出し、双子の目当てが薄紙なのだと気付く。

ふたりの目が僕の手元、これから開こうとしている薄紙に注がれているのを見て、テオドールが「行儀よく挨拶して、帰ってきてからだ」と釘を刺す。

——じゃあ、今日はあとで紙ゴミを片づけなきゃいけないな。

あまり掃除しづらい場所に、小さな紙片が入り込まなければいいけれど……今から少し覚悟をしながら薄紙を開くと、白に近いくらいの淡いピンクの色が現れた。

普段あまり着ない色に躊躇《ちゅうちょ》しつつ、完全に取り出して広げて、思わず呻《うめ》く。

「これ、レディースじゃないですか……」

男性用でも、ごく淡いピンクのトップスくらいは、ある。

けれど、さすがに、小さなリボンやレースはついていないだろう。

紙袋に入っているのは、長袖のトップスだけじゃない。

恐る恐る薄紙に包まれているものを取り出して開くと、トップスよりも赤味の強いピンクの、ブーツカットで細身のジーンズが現れた。

「一応、これも用意してみた」

後ろ手に隠していたらしい小さめサイズの紙袋が、僕に差し出される。

きっとまたレディース用の何かが入っているに違いない……一応の覚悟をして、諦め気分で受け取って、だけど中身を確認して絶句する。

「あっ、ママとおんなじ！　ブラジャーっ、ブラジャーっ！」

これはいわゆるそういうものだと認めたくない僕の気も知らず、アンドレは騒がしく連呼《れんこ》し、ニコルと一緒になってソファの上で飛び跳ねる。

「ええと、すみません。とりあえず聞きたいんですけれど、何故、用意してくれた着替えがレディースなんですか？」

「女性のふりをしたほうが、面倒がないだろう？　父親と双子の家庭に血縁関係のない男が同居して、外に働きに出るわけでもなく双子の面倒を見て家事をするんだからな」

「いや、まあ、そうですけれど、でも……」

「おまけに優吾は家出人で、家族に戻ってこいと言われるのを嫌がっている。ここに一緒に住んでいるのは女性ということにしておけば、お前を探している兄の目を、うまく誤魔化せるんじゃないか？」

「けど、女性のふりをするとしても、やっぱりこれはいらないんじゃないかと」

女性用下着のワンセットを、紙袋の中に戻してテオドールに突き返す。

押し戻されるかと思ったけれど、彼はすんなりと受け取って、白いジュエリーケースを取り出し「これは仕上げに」と僕に返す。

開けてみると、とくに特徴のない細い銀色の指輪がひとつ、それが本物か偽物《にせもの》かはわからないけれど、小さなダイヤモンドがひと粒のついたネックレスが入っている。

「わかりました、とりあえず着替えます」

二階に与えられている自室に戻ろうかと思ったけれど、男同士でそこまで気にしなくていいだろう。何より、もうすでに、どこもかしこも見られている。

着ていたパジャマを脱いでジーンズに脚を通し、それからトップスを着てみる。

ウエストがきゅっと絞って見えるデザインなのに、実際に着てみるとそうでもない。だけど、やっぱり胸が膨らんでないと男だってバレそうな気がする。

女顔の自覚はあるけど、念には念を入れたほうがいいだろうか。

「ニコル、テオドール、お前たちも着替えなさい。服は、そこに用意してあるだろう？」

はぁいと返事をした双子が、いそいそと着替えを開始する。

テオドールは双子に近づこうとした僕を「指輪とネックレスを先に」と制すると、息子たちが着替えの途中で遊びださないように手を貸してやる。

「女性度をアップさせるために、アクセサリーも着けるのか……」

僕は、僕の準備を進めよう。

指輪を右手の中指にはめてみるとサイズが少し緩いけれど、手を下げても完全には抜け落ちない。

「優吾、これはカモフラージュ用として洗濯するようにしてくれ」

自分の胸元を見て迷いが生まれている僕に、テオドールが下着入りの紙袋を渡す。

「着ければ更に女性だと信じさせやすくなるだろうが、優吾がいやなら仕方ない。だが、女性が住んでいる話になっているのに、女性用の下着がひとつも洗濯物に混ざっていないのは、近所のひとに不自然にみられるかもしれないからな」

「じゃあ、この下着はタグだけ取って、このまま洗濯機に突っ込んでおきます」

そう答えて紙袋を椅子の上に置き、ネックレスの金具《かなぐ》を外《はず》す。

後ろ手でつけようとするけれど、普段アクセサリーなんかつけないせいか、自覚している以上に不器用だったのか、うまく留め金がはまらない。

「ああ、頼む。同じものばかり干しているのもきっと不自然だろうから、明日、仕事の帰りにでも洗い替え用を買ってこよう」

膝をついて息子たちの着替えを手伝っていたテオドールが、立ち上がる。

すっかり着替えの終わった双子は「かわいいねー」「ピンクだー」と僕を見ている。

あとはテオドール自身が着替え終わり、僕が今、四苦八苦しているネックレスの金具を留めてしまえば準備が完了なんだけれど……。

腕が疲れてきているのか、なかなか輪になっている金具にフックが嵌《はま》らない。

「優吾、ほら……」

多少イラッとし始めていた僕を、不意にテオドールが抱き寄せる。

「えっ、あ、あの……っ？」

パジャマ姿の彼から漂うカフェオレの香りが、ふわりと僕を包み込む。

ドキドキしている僕の指にテオドールの指が触れ、苦心していたフックが輪にかかる。

「できた。これでいい。優吾、金具を前に回して留めるほうが簡単だぞ」

僕の耳を、テオドールの低い声が擽《くすぐ》る。

腰へと突き抜ける感じで甘く響いたその声に、顔がカァッと熱くなる。

「……あ、りが、とう。う、うん、次からはそうするよ」

何故《なぜ》か、変に喉に絡んでみっともない声になる。

僕から腕を離したテオドールは、ダイヤモンドのトップの位置を軽く直して「着替えてくる」とダイニングを出て行った。

――はぁぁぁ、い、今の、どういうこと？

ネックレスを、留めてもらった。

ただそれだけのはずなのに、僕の心臓は、まだ早鐘《はやがね》を打っていた。

自分の中の何かが根底から変わった気がして、その場に座り込みたい衝動に駆られた僕に、双子が「みせてーっ」とまとわりつく。

目をキラキラさせている双子は明らかにネックレスに集中していて、僕はこれ幸《さいわ》いとばかりに床にぺたりと座り込んだ。

「触ってもいいけれど、引っ張ったらだめだよ？　僕の首が痛くなるから」

先に双子に言い聞かせてから触らせるものの、兄弟の興味は、すぐに僕の指と少し緩めの指輪に移った。

ふたりの全部の手の指にも嵌めてやって、ひとしきり「ぶかぶかーっ」と騒ぎ終えた頃、支度を整えたテオドールが先程とは別の紙袋を手に戻ってきて、四人揃って家を出る。

「まずは隣の家からだ。ニコル、アンドレ、きちんとご挨拶できるな？」

聞かれて「はあいっ」と返事をした双子だったけれど、シュヴァリエ邸が突き当りにあるせいで一軒しかない真隣の家の呼び鈴を押した途端に、ニコルは素早くテオドールの後ろに回り、脚にしがみついて半分隠れた。

一方、アンドレは僕との初対面の時と同じく物怖《ものお》じせず、それどころか門扉にかぶりつきになって、隣家の玄関前や庭を覗き込んでいる。

丹澤《たんざわ》という表札のかかったその家は、年季の入った洋館風のシュヴァリエ邸とは違い、まったくの純和風のしつらえになっている。

引っ越しの片づけや双子の世話、決して慣れているとは言い難《がた》い家事で忙しいし、まだふたりを連れて歩く自信がないから、あまり外に連れて行けていない。

フランスから日本に来てまだ数日、純和風な家が珍しいらしいアンドレは、門扉の向こうを指差して、フランス語で父親に興奮気味に何やら尋ねている。

テオドールは質問にフランス語で答えながら呼び鈴をもう一度鳴らし、それから僕に、アンドレは庭に池があることに興奮しているのだと教えてくれる。

今にも勝手に開けて入っていきそうなアンドレを、後ろから抱きすくめて門扉から引き剥《は》がし、僕はテオドールと顔を見合わせた。

呼び鈴は家の中にちゃんと響いている風なのに、誰かが出てくる様子もなければ、インターフォンをあげた気配もない。

留守かと呟いたテオドールが、自由を奪われたままのアンドレを見る。

彼の視線で、大人しくなっていることに気付いて、僕はアンドレから腕を離した。

「優吾、手を……この指輪は結婚指輪だから、右手じゃなくて左手だ」

言われるがままに差し出した手から指輪が抜かれ、左の薬指に嵌《は》め直される。

「すみません。結婚指輪だと気付かなくて、つい、適当に嵌めてしまって」

「いや、気にしなくていい。指輪もカモフラージュの小道具だ。それより、どうやら留守らしい。次の家へ行こうか」

そう言ってテオドールが歩き出すと、緊張を解いた顔でニコルが父親から離れる。

けれど、好きにさせると双子がどこへ行くかわからないし、駐車場つきの戸建《こだて》が並ぶこのあたりの道は、車だって通る道だ。

自由気儘《きまま》にさせるわけにはいかず、僕がアンドレと、ニコルはテオドールと手をつないで、十数メートル離れた次の家へと歩き出す。

濃紺の軽自動車が緩やかな坂をあがってきたのは、その時だった。

車は今から僕たちが行こうとしている家の前を通り過ぎ、なおもこちらへ走ってくる。

「テオドール、丹澤さんが帰ってきたんじゃない？」

だって、軽自動車の進行方向には、もう丹澤さんの家と僕たちの家しかない。

立ち止まった僕たちの横を通り過ぎた車が、丹澤さんの家の駐車場の前で停まる。柵をあげるために一旦外へ出てきた男は、後ろ向きで車を敷地内に入れ始めた。

「そのようだな。ニコル、アンドレ、戻るぞ」

アンドレが、父親の言葉を聞くなり走って行こうとする。

「危ないよ、アンドレ。車がまだ動くかもしれないだろう？」

「えーっ、大丈夫だよ。だってほら、男のひとが、でてきた！」

駐車場を指差すアンドレに、「指だめぇっ。アンドレ、ちゃんとお行儀！」とニコルが双子ながらも兄らしく注意する。

慌てた顔で人差し指を引っ込めたアンドレは、すぐさまテオドールを見上げて「ごめんなさい、パパ」と反省する。

指を指された当の本人は、にこやかな顔で駐車場の中からこっちを見ていた。

誰に対しても愛想のいい人なのかと思いつつ、会釈《えしゃく》して立ち止まる。

「先日お隣に引っ越してこられた方ですね？」

こちらが口を開くよりも早く質問されて、テオドールが「はい」と頷く。

「ああ、失礼しました。この家に住む丹澤です。別に覗き込んでいるつもりはないんですが、この間から、おチビちゃんたちの姿が窓越しに見えていたもので……」

「ああ、そうでしたか。こちらこそ、ご挨拶が遅れました。隣に引っ越してきたシュヴァリエです。俺はテオドール、こちらは妻のユウです」

こちらっていうのはどちらかと思って、唖然《あぜん》とする。

――つ、妻？　ユウ？　それ誰⁉

テオドールは、手のひらを上に向けて僕を示していた。

あやうく『えっ？』と言いそうになって、寸前で「どうぞよろしくお願いします」に言葉を変える。

――だから、ピンクで指輪なのか。でも、優吾じゃなくてユウだなんて……。

双子が僕をユーゴと呼んでいるのを聞けば、丹澤さんだってあやしむはずだ。

「ほら、お前たちも挨拶しなさい」

テオドールに促されて、アンドレと顔を見合わせたニコルが「パパ、ツマってなぁに？」と首を傾げる。

「妻というのは、パパの奥さんだということだ」

――奥さん……、ううっ、僕がテオドールの奥さん……。

心の中で呻《うめ》くのに、何故だか顔が熱くて仕方ない。

多分これから丹澤さんには、いや、このあと挨拶に回るご近所の皆から、テオドールの奥さんとして見られるせいで、こんなにカァッと熱いんだ。

それ以外に、理由はない。ないはずだ。

いくらテオドールのルックスが良くても、他に理由なんてないに決まっている。

「ツマと奥さんは一緒？　じゃあパパ、奥さんとママは、違うものなの？」

「ちがうよー、ニコル。だって、前にパパが言ってたよ。ママはもうお空にいっちゃったから会えないんだもん。ねっ、そうだよね、パパ？」

丹澤さんの前で、テオドールは双子に一体どう説明するつもりか。

不安に駆られている僕の隣で、テオドールは躊躇《ためら》いもなく「実は、お前たちに新しいママができたんだよ」と言い出した。

たちまち目を丸くした双子が、「新しいママ？」と僕に視線を注ぐ。

まさか、こんなところでテオドールと揉めるわけにもいかなくて、仕方なく僕は「そうだよ。いやかな？」と双子に尋ねた。

「そっかぁ！　全然いやじゃないよっ。うふふ、僕のママになったんだねっ」

「ニコルずるいっ、ニコルだけのママじゃないよ！　アンドレのママだよっ」

僕の脚に左右から抱きついて睨み合っている双子に、テオドールが「おい、喧嘩《けんか》するんじゃない」と割って入る。

「ニコルだけでもアンドレだけでもなく、ふたりのママだ。それより、お前たちは行儀よくするんじゃなかったのか？　丹澤さんへの挨拶は？」

「あっ！　ちゃんとできるよ！　ニコルです、三歳です。こんにちは」

「僕もっ。こんにちは、アンドレです。僕が弟なの」

三歳だよと付け足して指を立ててみせるアンドレは、やっぱり一本足りない。

ニコルに肘《ひじ》でつつかれて、慌てて三本目の指を立てたアンドレに、丹澤さんが「双子なんですね、可愛いなぁ」と微笑んだ。

「丹澤嘉人《よしひと》です、よろしくね。……俺には姪《めい》っ子がいるんですよ。今は四歳で、すっかり生意気盛りなんですが、もう可愛くて可愛くて。元々子供は好きなんですが、姪っ子が生まれてからは、すっかり叔父《おじ》バカです。そのせいで、ほら、この通り」

しゃがみこんだ丹澤さんが、その姿勢でくるりと背中を見せる。

長くのびた襟足《えりあし》をひとつに縛っているものを見て、ニコルが「いちご、僕好き」と僕の脚に抱きついたまま手をのばす。

つられたように、アンドレまでプラスチックで出来たいちごに触り始めた。

けれど悪戯っ子のアンドレが手を出すとそれだけじゃ済まないのは当然の結果で、僕にしがみつくのをやめていちごを掴んでゴムを引っ張り始める。

それでも笑って好きにさせているあたり、丹澤さんは本当に子供が好きなようだ。

「のびてきた髪を輪ゴムで縛っているのを見て以来、会うたびに、こういう女の子用のヘアゴムをくれるんです。よせばいいのに、普段からハートだのウサギだのクマだのがついたゴムを使っているもので、しょっちゅう奇異《きい》の目で見られますよ」

まいったなー風に言っているものの、叔父バカを自称する丹澤さんの声は嬉しがっているようにしか聞こえない。

このまま話が和《なご》やかに弾めばいいなと思っていると、テオドールは紙袋から茶色いラッピングペーパーに包まれた箱を取りだして、丹澤さんに差し出した。

「チョコレートが嫌いでなければいいんですが……」

「いえいえ、大好物です。ありがたくいただきます。ところで、実は少し気になっていることがあるんですが、先ほどのお話から察すると、新婚さんですか?」

テオドールは丹澤さんの質問に、しれっとした顔で「新婚です」と肯定する。

「俺が日本で仕事をする予定になったのを機に結婚したのですが、実は息子たちには、まだ彼女が新しい母親になったと知らせていなかったんです」

「だから、あんなにびっくりしていたんですね。ユウさんも大変でしょう、いきなり双子の母親なんて。……ああ、そうだ。俺は家を事務所にしているので、昼間もいたりするんです。何か困ったことがあれば、いつでも気軽に声かけてくださいね、奥さん」

「あ……、は、はい。ありがとうございます」

──奥さん、だって。……何だろうなぁ、この、すごく照れくさい気分って。

兄の大和に発見されて、強引に連れて帰られるよりはマシだ。

でも男なのを隠して、女装させられて、相談もなく妻だのママだのと紹介されて……。

たとえば、理不尽《りふじん》だとかムカつくとか、そういうもっとマイナスの感情に支配されるなら理解できる。そのほうがおかしくないし、普通な気がする。

——なのに、照れくさいって、どういうことだろう。

家に置いてくれているテオドールには、本当に感謝している。

そのテオドールの妻だと紹介されて、顔が熱くなったりしたけれど……。

——ひょっとしたら、双子の新しいママだということにされたせいかな？

確かに、双子の世話をするのは大変だ。この数日で、それはよくわかった。

ただ、騒がしかろうが何だろうが、可愛いものはやっぱり可愛い。

他に照れくさくなる理由がないかと探してみるものの、どれだけ心当たりを探しても、思いつくのは『テオドールのルックスがいいから？』とか『彼に初対面であんなところまで見られたから？』なんていうのばかりで……。

今の僕には、『可愛い双子の新しいママっていう役どころだから』以外には、自分でも納得できそうなまともな理由は見つからないようだった。


テオドールが僕を自分の妻だと近所中に紹介してから、一カ月。

季節は秋へと変わり、僕も今の生活に随分と慣れてきた。

あの時は、一体何を言い出すのかと思ったけれど、今では僕も、それで正解だったんだと思えるようになっていた。

けれど、それもこれもテオドールが双子に外では僕を『ユーゴ』ではなく『ユウ』あるいは『ママ』と呼ぶよう、チョコレートを使ってみっちり訓練したからだ。

訓練したといっても、まだ、たまに『ユーゴ』になってしまう。

完璧にならない一番の理由は、訓練しているテオドール自身が、家の中では『優吾』と呼んでいるせいじゃないかっていうのが僕の推測《すいそく》だ。

近所のひとたちに何の疑いもなく『奥さん』と呼ばれることにも、もう慣れた。

外出時には玄関で左手の薬指に緩い結婚指輪をはめるのだって、習慣になってきた。

それもこれも、テオドールの都合なんかじゃない。

兄の大和に発見されたくない僕のための、カモフラージュだ。

もちろん僕自身も、たとえば買い物ひとつとっても、友人知人に会う確率が高くなる近場のスーパーは避けて隣の市まで足をのばすといった工夫《くふう》はしている。

でも、それだって、テオドールが自分の使う車以外にもう一台、双子連れの買い物が少しでも楽になればと僕用の車を用意してくれたからできることだ。

テオドールが用意してくれたもので助かっているものが、もうひとつある。

「ほら、帰るよ。車に乗って、チャイルドシートをカチッとしようね」

スーパーの駐車場で、僕はまずアンドレの背中のリュックを外して抱き上げた。

リュックといっても、リュック型の子供用のリードだ。

これがないと、アンドレが暴走した時にすごく困る。アンドレが暴走し始めたら、ニコルも弟に負けじと暴走するから、買い物の時にはリュック型のリードは欠かせない。

実は初めて双子を連れてスーパーへ行った日に、まず店内でアンドレが迷子《まいご》になった。

店内放送で呼び出されて、アンドレを迎えに行ってお礼を言って、さあ買い物の続きに戻ろうとしたら、今度はニコルの姿がなくて、すぐに店員さんへの迷子探しの呼びかけ放送をしてもらって……この話を聞いたテオドールが、翌日早速買ってきてくれたんだ。

「さあ、次はニコルの番だよ。リュックを降ろそうね」

アンドレと同じようにニコルを抱き上げ、チャイルドシートに座らせたところで、肩先の違和感に首を巡らせる。

スーパーで商品棚の下の段に並んでいるものを取っている時にでも、悪戯っ子のアンドレに、値札《ねふだ》シールでも貼られたのかと思ったけれど、特に何もついていない。

首を傾げつつニコルに視線を戻し、チャイルドシートをロックしたところで、また違和感に襲われる。

改めて振り返ろうとしかけて、違和感の正体に気づく。

――視線？　今、誰かが、僕を見ていた？

買い物のために、双子連れで隣市まで毎回遠征《えんせい》しているとはいえ、友人知人がまったく来ないとは限らない。

さっき感じた視線は、今はもう消えている。とはいえ、大和の知り合いっぽい人がこのスーパーに出入りしているなら、もう別の店を使うほうが安全だ。

とりあえず後部座席のドアを閉めて、それから周囲をきょろきょろ見渡して、僕はこっちを見ていたかもしれない人物を見つけ出す。

「やばっ、今朝、丹澤さんから注意されたひとだ」

ゴミ出しの時に会った丹澤さんから、指定の袋を両手に持って主婦らしき女性が坂をあがってくるのを見るなり、僕にこっそりと耳打ちしてくれたんだ。

噂好き、しかも言い回るのが好きなスピーカー奥さんが退院してきたから注意してください、って……単なる噂好きでも僕にとっては要注意だけれど、事実無根《むこん》の作り話まで言いふらすっていうから、できる限りお近づきになりたくない。

今朝はそそくさと逃げ出したけれど、ついつい目が合ってしまう。件《くだん》の主婦は今にもこちらに向かって歩いて来そうで、僕は会釈だけして急いで運転席に乗り込んだ。

エンジンをかけて車をスーパーの駐車場から出してホッとした途端に、後部座席で歌が始まった。

楽しげに身体を揺らすアンドレに、すぐにニコルが合わせる。

双子のお気に入りの幼児番組内で、振りつきで着ぐるみが歌っているそれを、双子はテンション高く三度繰り返した。

歌は、ニコルの「あっ、もうすぐ公園！」という声をきっかけにピタリと止んだ。

「あのね、ユーゴ……じゃなくて、ママ。僕、アイス食べたい」

「アンドレも食べたいっ！　公園がいいっ。ねっ、ニコル」

双子にとっての公園は、スーパーから家に帰るまでの途中にある緑地《りょくち》公園のことだ。

幼児が楽しめそうな遊具《ゆうぐ》は少ないけれど、子供を遊ばせている主婦が多く、時間帯によるものの犬を遊ばせている飼い主も多い。

同じ年頃の子供と犬、両方が目当ての双子だがまだ犬は少し怖いらしく、遠巻きに眺めるだけで満足している。

正直な話、双子を他の子供と一緒に遊ばせてやりたいとは思う。

だけど、主婦のふりをしている僕は、本物の主婦さんたちに遠慮があって、どうにもうまく混ざれない。うっかり頑張って話に混ざった挙句にボロが出てもいけないから、主婦グループからは離れて双子を見るようにしている。

そういう意味では、子供よりも犬がいる時間帯に公園に行くほうが気は楽で、今は主婦グループが子供を連れて来ている時間帯だ。

「ふたりとも、アイスは家に帰ってから食べようよ」

——この間も、結構際《きわ》どい話をしていたからなぁ。

別に主婦さんたちの会話に聞き耳を立てていたわけじゃない。

話しかけられないよう、距離をあけて座っていたのにも関わらず耳に届いたんだ。

それに、子供の体温が高めだとはいえ、アイスを外で食べるには、もう寒い。

更には、朝はすっきりと晴れていた秋空が、分厚い灰色の雲に覆われ始めていた。

洗濯物は部屋干しにして出てきたけれど、シュヴァリエ家の駐車場には屋根がない。

雨が降っている状態での帰宅になると、双子を順番に降ろして家に入れるだけでずぶ濡れになりそうだ。

「えーっ。公園がいいよ！　公園っ、ほら、あったぁ！」

公園に寄る気満々ではしゃいだ声を放っているアンドレの隣で、ニコルが「白いわんわん、いるかなぁ？」と、うっとりした声をあげている。

「家に帰ってからにしようよ。温かいココアを飲みながら食べると、きっと美味《おい》しいよ？」

「ココア飲んだら、アチチチになるよ？　僕、熱いの飲めないよ」

「大丈夫だよ、ニコル。ふーふーしてココアを飲みながら、冷たいアイスを食べるんだ。アチチチのココアに、今日買ってきたバニラアイスをぷかぷか浮かべるのもいいよ？」

「……アンドレ、やってみたい。公園やめたら、ぷかぷかしていい？」

いいよと答えると、今度は早く帰ろうと声を揃えて急《せ》かし始める。

よかったと思いながら走らせた車は、雨が降りはじめる前に家に到着し、双子がアイスを零したり、原因がよくわからないケンカをしたり、何だかんだとバタバタしているうちに、あっという間に夜になる。

「パパ、まだ帰ってこないねー」

「そうだね、ニコル。だから、今日は先にお風呂に入ろうね」

すでに夕食を終え、満腹も落ち着いた頃の双子にパジャマを持たせようとした僕から、双子はキャーッと叫んで逃げ出した。

追いかけっこは今日が初めてじゃないから、僕にだってちゃんと対策はある。

ふたり一度に追いかけるのは無理なのは当たり前で、こういう時に捕獲するのは比較するとやや大人しいニコルに限る。

双子がひとしきり走り回るまで待って、ソファにあがったニコルを抱き締めた僕は、ほんの少しだけアンドレを追いかけてから三人分の着替えを持ってリビングのドアへと向かい、「ほら、行くよー?」と声をかけた。

リビングを出たところで待ち伏せて、もう行っちゃったのかなー風におずおずと出てきたところを捕まえると、アンドレは嬉しそうな顔で「あーあ」と盛大な溜め息をつく。

ワンパターン化しているけれど、ニコルと一緒に先にリビングを出ると、必ずアンドレもすぐに出てくる。

　今回も無事にバスルームに連れて行き、先に湯船に浸かってお風呂用オモチャで遊ばせて、そのあと双子をタイルの上に出して身体を洗ってやっているところで、玄関チャイムがピンポーンと浴室にも鳴り響き、玄関の鍵を開けて入ってくる音かした。

「あっ、パパだぁ！　おかえりなさいーっ」

「パパぁ、アンドレ、お風呂だよー。ママも一緒だよーっ」

　賑《にぎ》やかに叫ぶ双子の声は、丹澤さんの家まで……いや、丹澤さんのお宅から空き地ひとつ挟んだ更に隣やその向かいの家まで聞こえていそうだ。

　次にご近所さんと顔を合わせたら、いつも騒がしくてすみませんって謝ったほうがいいかもしれないと思ったところでバスルームのドアが開き、テオドールが顔を出す。

「ただいま。今日はいい子にしていたか？」

「してたよー。おうちに帰るまで、アイスたべなかった！」

「あのね、ココアにアイスとけるの、おもしろかったの。消えちゃうの」

「公園すぎたところでね、今日も、お腹ひゅんってなったよ！　ねっ、ニコル？」

「うん、車がふわぁってなってね、それから、ひゅんって。あれ、たのしいねぇ」

　ボディソープだらけの双子が、口々に今日の出来事を報告するのを、テオドールは父親の顔で聞いている。

懸命に喋《しゃべ》っている今のうちにと、僕は双子を洗いあげた。

それから、スーツ姿のテオドールのほうへ飛び散らないように泡を流して、まず僕自身が浴槽に入る。それからふたりをお湯の中に入れた……というのに、お湯の中に入るなり双子は水鉄砲を手にして、テオドールを的にしてしまう。

「あっ、こらっ。もう、だめだよ、ふたりとも！」

慌てて辞めさせようとした僕の顔を目がけて、「ぴゅーっ」という擬音《ぎおん》付きでアンドレがお湯を発射する。

アンドレが僕を牽制《けんせい》している間にも、ニコルがきゃっきゃと笑いながらテオドールを濡《ぬ》らし続けていて、テオドールは「やめなさい」と言っているものの逃げる様子はない。

「ニコル！　アンドレも、もうっ……ほら、パパのスーツが濡れちゃうだろう!?　ふたりとも、今日のパパのスーツかっこいいって言っていたじゃないか」

僕は双子をたしなめたつもりだったのに、ニコルは天使の笑顔で「いいの、パパも一緒に入るのー」と言い、アンドレは「パパと水鉄砲したいっ」と期待に満ちた目をする。

「仕方ないな。優吾、狭くなるが我慢してくれ」

僕と双子の三人でも結構狭いのに、テオドールまで浴室に入るとなると、一気に圧迫感が増しそうだ。

「あの、じゃあ僕は出ましょうか？」

「だめぇっ。ユーゴも一緒じゃないと、だめなのーっ」

「ぁ、っ……？　ニ、ニコルっ」

――ひ、引き留めてくれるのは構わないんだけれどっ、そ、そこは……っ！

浴槽を出ようとした僕の股間にぶらさがるモノの竿《さお》が、パッと手を出したニコルに掴まれている。

幸いなことに加わっている力は軽い……とはいっても、部位が部位だけに痛くないはずがなく、声を殺して一瞬硬直した僕は、わかったからと言って浴槽の中に座り直した。

だけど、どこを掴んでいるのかという自覚があまりないのか、「ほんとに？」と聞くニコルは、まだ僕のものを離さない。

「ほ、ほら、あがるのをやめただろう？　だから、手っ、手を離そう？　ね、ニコル？」

「あっ！　こら、ニコル！　離しなさいっ。優吾の大事なところを掴むんじゃないっ」

スーツを脱いで入ってきたテオドールが、この家で僕がこれまで聞いたこともないキツい声で双子の兄を叱《しか》りつけ、慌てた顔でニコルがそこから手を離す。

「すまない、優吾。その……、そこ、大丈夫か？」

「ええ、まあ……、軽く掴まれただけですから」

まだ腰を浮かせただけの状態で、膝だって曲げたままだったから助かった。

思いきり勢いよく立ち上がりかけている途中の状態でギュッと掴まれていたら、いくら相手は三歳児とはいえ、悶絶《もんぜつ》どころでは済まなかっただろう。

「ごめんなさい、ユーゴ、パパ。……僕、みんなでお風呂したかったの」

「ニコル、そういう時は、言葉で先に説明するんだ。わかったか？」

「はぁい。……ユーゴ、痛かったの。パパ、ママが僕にしてくれたの、やって？」

何をしてもらっていたのかと思いながら見ると、テオドールは怪訝な顔をしている。

「ええと、ニコル？　それ、もしかして痛いの痛いの飛んで行けー、かな？」

「そう、それ、ユーゴ！　とんでけー、おまじないしたら、大丈夫なの」

心配顔で僕とテオドールを見比べるニコルには、悪気はない……のは、僕にも充分にわかっている。けど、場所が場所だ。

「ユーゴ、とんでけーしてもらうの。立たないと、できないの」

「すまないが、優吾……」

立ってくれないかという目でテオドールが僕を促す。

ニコルとよく似た顔に不安の色を滲《にじ》ませて、アンドレも僕を見上げている。

初対面の時にも掴まれているんだ、一回も二回もたいして変わらない……僕は自分に言い聞かせて、浴槽の中で立ち上がる。

さすがに変な気がするのか、テオドールは照れと困惑の入り混じった微妙としかいいようのない表情になっている。

テオドールが、「痛いの痛いの飛んでいけー」と僕のものを軽く撫でて、すぐに離す。

「さあ、これで安心だ。そうだな、ニコル？」

「パパ、だめだよ。まだ『ちゅっ』って、してないよ？」

「ちゅっ？　……何だそれは？」

まさかの予感が的中しないようにと祈るのに、ニコルは「こうだよ」と言って、自分の小さな手の甲に、ちゅっと唇を押し当てる。

「痛くなったところに、こうするの」

思わずウーンと呻いた僕を、アンドレが「ユーゴ、痛い？」と気遣う顔で見上げる。

「おまじないの最後に、『ちゅっ』ってするんだもん。ねっ、アンドレ？」

「うん。アンドレも、最後にしてもらったよ。そしたら、大丈夫になるんだよ」

「いや、でもな、お前たち……。優吾、君からも何とか言ってくれないか？」

何とかって言われても、何をどう言えばいいのか、わからない。

双子の母親は、飛んでいけーのおまじないに、唾《つば》をつけておけば治る的なものを組み合わせたんだろうか？

それとも、最後のキスは母親からの愛情なのか？

いずれにしても、僕が、そして多分テオドールも、今そのおまじないによって、何とも言いあらわし難《がた》い窮地《きゅうち》に追い込まれている。

「ママは僕たちにしてくれたの。パパは、ユーゴにしてあげないの？」

「ユーゴ、かわいそう……。あっ、じゃあ、アンドレがおまじないしてあげようか？」

「待て、わかった。パパのおまじないの途中だぞ。最後の仕上げもパパがする」

――うそっ、本気⁉

いくら子供のためとはいえ、同性のそんな部分に唇をつけるだなんて。

「優吾、ひとりがやると言い出したら、もうひとりが自分もすると言い張るに違いない。このままでは、ふたりともやることになりかねない。だから、……な？」

「テ、テオドールは、平気？」

「平気じゃないけど、でも、本当に……する気？」

「優吾、お前はどうなんだ？」

ちらりと双子に目をやるけれど、やっぱりそこには純粋な不安と心配があるだけだ。

「俺のことは気にしなくていい。俺は、女性よりも男性のほうが好みだからな」

「えっ⁉　で、でも、じゃあこの子たちは？」

「女性を愛せないわけじゃない。……というよりも、この子たちの妻だけが特別だったんだ。バイセクシャルの俺は、優吾なら男だと承知の上で、どこにだってキスできる。だから、お前が子供たちのためとはいえ、キスさせてくれるかどうかだ。……優吾、いいか？」

「テオドールが平気なら……、僕は……」

──うわぁっ、僕、何を言っているんだろう？

今の返事は、どう考えても『いいよ』って答えだ。

テオドールのバイセクシャルだというカミングアウトも驚きだけれど、自分自身の返事も同じくらい信じられない。

けれど現実には、テオドールは僕に頷き、身を屈めようとしている。

手が僕のそれにのびて、すくいあげるように持ち上げる。

心臓が破裂しそうなほどドキドキしている僕の左右で、ニコルとテオドールは「これでもう大丈夫だね」なんて無邪気に言い合っている。

あとちょっと、もうすぐテオドールの唇が、僕のそこに触れてしまう。

まともに見ていられなくて、僕はぎゅっと目を閉じた。

──ああ、もう唇が触れて……あれ？

身構えていた僕の耳に、『ちゅっ』という音が届く。

だけど、そこに唇はなくて、テオドールの息が触れているだけだ。

「ほら、ニコルもアンドレも、これでいいな？」

近づいてきている時はスローモーションみたいに時間がかかったような気がしたのに、離れる時にはすごく早い。

──い、今のは、何だったんだろう。

呆気《あっけ》にとられている僕に、テオドールが意味ありげに微笑む。

「うんっ。おまじない、おしまい！　よかったぁ、もう痛くないね」

「ユーゴ、次に痛くなったら、アンドレがおまじないしてあげるよ！」

――あっ……そうか、そういうことか。

双子が納得すればいいんだから、本当に唇をつけてキスしなくてもよかったんだ。

相手が僕なら、本当に唇で触れているかどうか、双子にはわからない。

だったら、そう見えればいいだけの話で……。

安堵と落胆が半々な気分で浴槽に身を沈めた途端に、僕の顔に、双子の水鉄砲が明るい笑い声つきで容赦《ようしゃ》なく襲いかかってきた。


双子が寝ると、静かな夜が訪れる。

「優吾、少し飲むか？」

キッチンに立っていたテオドールが僕に差し出したのは、耐熱《たいねつ》ガラスのカップだ。

「テオドール、これは？」

「ホットワインだ。飲んだことないようだな」

頷いて受け取り、湯気のたつそれにフゥーッと息を吹きかけ、ひと口啜《すす》る。

「シナモンとオレンジと……あとは、何？」

「クローブ、ドライイチジク、レーズン、それに蜂蜜《はちみつ》だ」

スライスされたオレンジとカップの底に沈んだドライフルーツをスパイスが引き立て、温められた赤ワインの香りと渾然一体《こんぜんいったい》となって鼻先をくすぐる。

「今日は、どうだった？　何か変わったことはなかったか？」

ソファに座った僕の隣に、テオドールが腰をおろす。

僕は肩をすくめて、ふた口目のホットワインを楽しんだ。

「元気に悪戯っ子だったのは、いつもと同じだよ。まあ、さっきのバスルームでのアレは、正直、どうなることかと思った」

すまなかったなと微妙に居心地悪そうに謝罪されて、少し慌てる。

本当に『ちゅっ』とやられていたなら謝罪もアリかもしれないけれど、真似だけで誤魔化せたんだから、テオドールが謝る必要はない。

「そんなつもりで言ったんじゃないんだ。双子に他意はないのもわかっているし……」

「予《あらかじ》め、ふりをするだけだと言えばよかったんだが、子供たちの前では言えないからな」

形だけだと知ったら、即座にブーイングの嵐だっただろうなと思いながら頷いて、添えられている木のスプーンでイチジクらしきものを口に運ぶ。

ドライフルーツのほどよい甘味《かんみ》が加わった温かい赤ワインごと口に含んで咀嚼《そしゃく》して、「でもすごく動揺したんだよ」と僕は打ち明けた。

「よく考えたら、ふたりにそう見えればいいだけだったんだよね。それにサッサと自分で気付いていたら、無駄にドキドキせずに済んだのにさ」

「……ドキドキしたのか？」

聞き返したテオドールが、僕のほうに身体ごと向く。

ふたりの間にあった距離が、さりげなく埋められた気がしてドキッとする。

「そりゃあ、まあ……場所が場所だから。だいたい、キスとワンセットだなんて、考えてもいなかったし。……あっ、そ、そういえば、今朝、丹澤さんから注意されたんだった。ご近所に、最近退院してきた主婦さんがいるんだけれど、気をつけろって」

気まずい話題を変えようと、丹澤さんに聞いた話をそのまま伝える。

更にスーパーの駐車場での違和感と、注意された主婦を見かけた話をしたところで、テオドールの表情がいきなり硬くなる。

「優吾。その彼女以外に、もっと不審な人間はいなかったか？」

「ええと、いなかったと思うけれど……。ごめん、要注意人物を見つけちゃったから、慌てて帰ってきたんだよ。だから、そんなに詳しくは見てないんだ」

記憶を手繰《たぐ》ってみるけれど、特に変だなと感じた記憶は、他にはない。

そもそも、僕にはテオドールの言う『不審な人間』の基準がわからない。

「優吾、俺が日本人向けの新ブランド立ち上げと日本出店のためにフランスから来たことは、覚えているな？」

頷いた僕に、「ただの悪戯の可能性もあるんだが」と前置きをしたテオドールが、ガラスのカップをセンターテーブルの上に置く。

身体を正面に向けた彼との距離が少し開くのを見て、奇妙なことに、僕はそっと落胆の溜め息をついていた。

「……実は昨日、うちの準備室宛に脅迫《きょうはく》メールが届いた」

「えっ？　脅迫メール？　どこから？」

「目下《もっか》調査中だ。悪戯かと思っていたが、今日も、家族が不幸な目にあわないよう、日本進出計画をとりやめろという脅迫メールが、うちの準備室だけではなくフランスの本社のほうにも届いた」

「大変じゃないか！　テオドール、ちゃんと警察に届けた？」

今焦《あせ》っても仕方ないのはわかっているけれど、気がついたら僕は腰を浮かせていた。

それをテオドールが「もちろん」とソファに引き戻す。

「とりあえず、どうするかは本社の指示待ち状態なんだが、多分、脅迫状が届いたくらいでは、日本進出を取りやめるとは言わないだろう」

「僕は、どうしたらいい？　あまり出歩かないようにすればいいのかな」

「そうだな。すまないが、当分の間なるべく外出は控《ひか》えてくれ。食材や日用品などは、できるだけ俺が仕事帰りに買って来よう」

「わかった。買い物には、できるだけ出かけないようにするよ。そういえば、さっき不審な人間って言っていたけれど、どういったところに注意して判断すればいい？　あっ、まさか、隣の丹澤さんが怪しいなんて言い出さないよね？」

　このところ、双子にとってのお気に入りの日課は、丹澤さんが庭にある池で飼っている鯉《こい》たちに餌《えさ》をやることだ。

　丹澤さんの鯉だというのに、勝手に名前までつけている始末で……。

　外出を控えるとなると、スーパーの途中にある緑地公園にも行けなくなる。

　その上、丹澤さんの家の庭や池もだめなら、双子のフラストレーションは相当たまることになりそうだ。

　もし、鯉の餌やりもやめろと言われたら、双子をひとりで納得させられる自信がない。

「彼は大丈夫だ。何の仕事をしているのかわからないから、俺も一番に気になって調べた。丹澤さんは自宅兼事務所の形で探偵業を営《いとな》んでいる。依頼は迷子のペット探しや浮気調査が主《しゅ》たるものらしいが、特に看板や広告を出していなくても仕事に不自由していないあたり、それだけ有能で、重宝《ちょうほう》して使う客がいるということだろう」

「じゃあ、双子が隣の家に行きたがっても平気なんだね？」

テオドールが「ああ」と頷くのを見て、僕はホッと息をつく。

「丹澤さんには、明日事情を話して、警戒してもらえるよう俺のほうから仕事として頼んでおく。でも、優吾も充分に気を付けてくれ」

「亡くなった奥さんが残した大事な双子だからね。万が一のことがあっても、ニコルとアンドレは、僕の身に替えても絶対に守るよ。任せて」

慌てた顔で「待て」と言われて、膝に彼の手が乗る。

手のひらの温《ぬく》もりが、じんわりと僕にも伝わってくる。

「双子はもちろん大事だが、優吾、一緒に暮らすお前のことも家族とみなされる可能性が大きいんだぞ？　丹澤さんから聞いたというその主婦が、言いふらすタイプならなおさらだ。近所には、妻だと紹介してあるからな」

「あっ……、そ、そうか。僕自身に何かされる危険性もあるのか」

指摘されて、初めて気付いた。

洗濯物には、毎回、女性用下着を混ぜて洗って干しているけれど、別に女装しているわけじゃないから、ついうっかりしていた。

「だから、優吾自身も安全第一で行動して欲しい。もしお前に何かあったら、俺は……」

続けて何かを言おうとした様子なのに、テオドールはハッとした顔で言葉を切る。

「いや、俺も双子も、家族同様に心配するからな。ふたりを守ってくれようとする責任感とその決意は嬉しいが、優吾がそのために無茶をしてまさかの事態に陥った場合、俺も双子も、とてもじゃないが平静ではいられないということを覚えておいてくれ」

そうだ、テオドールは奥さんを、双子は母親を亡くしているんだった。

ニコルとテオドールはいつも元気で無邪気だし、テオドールだって僕の前では悲しんでいる顔を見せないから、ついうっかり忘れていた。

悲しみの想像はつくけれど、親兄弟を亡くしたことのない僕には、身に迫ってその悲しみを知っているとは言えない。

想像は、あくまでも想像でしかない。

「う、うん、わかった。あの……、ごめん、テオドール」

「何故、謝罪する？　俺が優吾にして欲しいのは、謝罪ではなく、用心だ」

「でも、僕……」

「お前にそんな顔をさせたくて言ったんじゃない。子供たちもそうだが、俺にとって、出会ってまだ一カ月とはいえ、今や優吾は欠《か》かせない存在なんだ」

テオドールの腕が、そっと僕を引き寄せる。

ホットワインを飲んだせいか、身体の奥が、ぽぅっと熱い。

「だから、ニコルやアンドレを守ろうという気持ちと同じだけ、お前自身の安全もしっかりと考えて、大事にして欲しい。……優吾、わかるか？」

ちゃんと声に出して「うん」と答えようと思うのに、うまく言葉が出て来ない。

彼の肩に寄りかかったまま、僕は、ただ頷いた。

申し訳なさの隙間で、胸の奥がきゅんと切ない音を立てている。

抱き寄せる彼の腕を押しのけて身を起こすのは簡単なのに、そうしようと思えない。

僕の頬がテオドールの肩に乗り、彼の手が僕の肩と太腿の上にある。

今の僕には、ここが、他のどこよりも一番心地のいい場所だった。


数日は厳戒態勢《げんかいたいせい》だった僕も、時が経《た》つにつれて警戒は少しずつ緩んでくる。

これじゃいけないと自分に発破《はっぱ》をかけるけれど、双子と一緒にほぼヒキコモリ生活をするにも限度があって、何事も外的な変化がないまま十日が経ち、二十日《はつか》が過ぎて……。

脅迫メールの話を聞いてから一カ月半が経った今日まで、とくにこれと言って怪しいひとも見かけていないし、おかしな出来事も起きていない。

本社や準備室に届いた脅迫メールもあれきりだと言うし、スーパーに買い物に行くくらいなら、もうテオドールも許可してくれている。

もちろん、油断しちゃだめだと思うし、自分にもそう言い聞かせている。けれど最初の頃のような、野生動物にも負けてないかもしれないと思えるほどの警戒心は、いくら気合を入れ直しても薄れてきている。

「ユ……じゃなかった、ママぁ、あのね、ママって、どっち？」

掃出し窓から顔を出し、四《よ》つん這《ば》いの格好で尋ねたニコルの背中に、アンドレが「どっちー？」と覆いかぶさるように圧《の》し掛かる。

アンドレの体重が全部かかっているのか、ニコルは途端に「やーっ、重いぃっ」と身体を捩《よじ》り、容赦なく弟を振り落した。

洗ったばかりな上に、一度も身に着けることなくただ洗うだけのブラジャーを干そうとしていた僕は、ゴンッという大きな音に慌てて手を止めて駆け寄った。

けれど、あまりの音の大きさが逆におかしかったらしく、アンドレは「すごい音っ」と笑うばかりだ。

アンドレが手で押さえているのが頭だから、病院へ行かなくても大丈夫なのかと少し不安になるけれど、本人はいたって呑気《のんき》なもので、笑いながら「アンドレのあたま、たんこぶ、できたー？」とニコルに見てもらっている。

痛がってアンドレが泣きだしたら、悪意はなかったのだろうニコルまで罪悪感で泣きだすかもしれなくて、そうすると泣き声はサラウンド状態で響き渡る。

最近ではグッと気温も下がっているから、空気の入れ替えが住んだらどの家庭でも窓は閉めているかもしれないけれど、それでも近所の家の中まで泣き声が聞こえそうだ。

そうならなくてよかったと思いつつ、ひとしきり笑い終えたあと「ユーゴぉ」とねだり顔になっているアンドレに「痛いの痛いの、とんでいけー、ちゅっ」をやってあげて、僕は双子に何がどっちなのかを聞き返した。

家の中で家族だけの時はユーゴと呼んでいいと言われているけれど、それでもニコルは声を潜めて「あのね、ユーゴは、ね。おとこ？　おんな？　どっち？」と首を傾《かし》げた。

「僕は、おんなのひとがママなんだよって言ったの」

「けれどニコル、ユーゴにはパパとおんなじのがついてたよ？　だから、おとこだよね」

「うん、あった。でもパパが、ユーゴはママだって言ったもん！」

「でもでもっ、ユーゴ、スーパーのトイレでおんなじとこに入ってるっ。黒いマークのほうのトイレは、おとこ用なんだよ！」

アンドレの指摘に、ハッとする。

――やばっ。そういえば、双子がトイレ行きたいって言い出した時とか、自分がトイレに行きたい時、うっかり男性用トイレを使っていたんだっ！

女性用の下着まで干してカモフラージュしているというのに、噂好きの例の主婦に男性用トイレに入るところを目撃でもされたら、たちまち話が広がってしまう。

次からは女性用を……だけど本当は男性用を使わなきゃいけないのに女性用に入るというのは抵抗がある。

――外では、もうトイレに行かないことに……ああ、だめだ。双子が行きたくなったら、無理だよね。トイレがないならともかく、あるのに我慢させるのは、可哀想だ。

どうしたものかと考えていた僕は、ニコルとアンドレに左右から手を取られ「どっちー？」と引っ張られて我に返った。

「えっ？　ああ、あのね、ええと……困ったな」

男だけれどそれは内緒で、近所の皆には女性だということになっているから、ニコルとアンドレ、それにテオドールの三人以外の前では、女性のふりをしていなきゃいけないんだよ……というのは、三歳児に理解できるんだろうか？

激しく疑問に思いながらもそう説明をした僕に、「おとこ、おんな……両方なの？」とニコルが不思議そうな顔で聞く。

「僕、知ってる！　ニコル、アンドレが教えてあげるっ。あのね、そういうの、おかまさんっていうんだよっ。ねっ、そうだよね、ユーゴ！」

「ええっ⁉　いやいや、違うよ、おかまさんじゃないよ」

――まさか、そこで『おかま』なんて単語が出てくるとは。予想外だな。

苦笑しつつも、即座に僕は否定する。

たちまちアンドレは不服《ふふく》そうに、「どう違うの？」と唇を尖らせた。

「うぅーん……やっぱり説明しても、理解が追いつかないよなぁ」

独り言《ごと》じみた僕の呟きに、耳聡《ざと》い双子が「追いつかない？　ユーゴ、追いかけっこ？」「するの？」と目を輝かせた。

「あはは、しないけど……ニコルとアンドレは、追いかけっこがしたい？」

「したいっ。……あっ、わかった！　アンドレ、今度は僕が教えてあげるっ。おひるにテレビでやってるの！　ええと、よをしのぶかりの……じゃなくて、うんっ、忍者だよっ」

唐突に忍者だと言われてポカーンとしている僕とは違って、アンドレは「ああーっ、忍者！」と納得の声をあげた。

「この間テレビで、おとこの忍者がおんなになってた！」

「走るの、はやかったよねぇ。ユーゴも、早いんだよ」

知ってるよーと言って笑ったアンドレが、突如《とつじょ》「逃げろぉーっ」と庭へ走り出す。

「だめだよっ。アンドレ、待って！」

慌てる僕の視界の中で、きゃーっと楽しそうな声を上げてニコルが玄関へ駆けていく。

「ああっ、ニコルまで！　危ないから、だめだってば」

双子も一カ月前までは同方向へ走っていたのに、今ではまったく別々に逃げていく。

一瞬迷った結果、簡単に履《は》ける靴で出ていくだろうニコルよりも、おとな用のサンダルが好きで、ペタペタ走っていくアンドレに標的を定めて僕は追いかけ始めた。

庭といっても、広さ自体は知れている。

目の前の側道はここが突き当りだから、それほど交通量も多くない。

ただ、宅配便や郵便、近所の自家用車や来客、たまに道に迷っているらしい車も来るから、小さな子供がいきなり飛び出しても平気なわけじゃない。

とりあえず追いついた僕はアンドレの腕を捕まえて、片腕一本ではいささか重い身体を抱えあげ、シュヴァリエ家の敷地から側道へ出る寸前のニコルに「だめ！」と叫ぶ。

嬉しそうにニコニコしている双子の兄は、多分、追いかけて欲しくて僕がこっちへ来るまで待っていたのだろう。

僕の姿を見るなり、ぱぁっと顔を輝かせて、ニコルが側道へ飛び出していく。

——外に出る時には、結婚指輪でカモフラージュしておきたいのに。

でも、結婚指輪が置いてあるのは玄関だ。

捕まえてすぐに戻ればいいかと思いつつ急いであとを追った僕は、丹澤家の前に停車している白いバンを見て、再度「ニコル、だめ！」と声を張り上げた。

さっきよりも更に本気の『だめ』を感じとったのか、駆けていく背中がビクッする。

だけどニコルの脚は止まらず小さな姿は進路を逆にしただけで、それもぐるりと円を描くように走って、結局は白いバンへ向かってしまう。

白いバンは、エンジンがかかったままの状態だ。このまま前進するならシュヴァリエ家から遠ざかっていくけれど、ろくに確認せずに後退しないとは限らない。

――ん？　あの車、何かおかしい？

ニコルのあとを追っていた僕は、改めて視界に入った車を見て眉をひそめる。

嫌な予感がして仕方ない。

アンドレを降ろして家に戻るように言って、身軽になって追いかけて、今すぐに捕獲して家の中にニコルを引きずり込みたい。

でも、離したあとでアンドレがちゃんと聞き分けて家に戻ってくれる自信がない。

降りたくて暴れるアンドレを、右腕で抱き上げたまま大股で距離を縮める。

懸命にのばした僕の左手がニコルの腕を掴みかけ、けれど細い腕は掴む寸前に僕の左手からすり抜けてしまう。

無理目に腕をのばしたせいでバランスが崩れて転びかけ、たたらを踏んだところで、おかしいと感じたその根拠《こんきょ》に気付く。

――あっ……あのバン、ナンバープレートの数字が見えない？

ついていないわけじゃない。だけど、ものすごく見づらいように、地面に対してほぼ平行なんじゃないかという感じで取り付けてある。

だいたい、配達業者風に車体には名前が入っているけれど、何だか妙《みょう》に歪《ゆが》んでいて、しかも急いで貼りつけたかの如《ごと》く文字の一部がヨレてしわになっている。

——まさかとは思うけれど、テオドールのところへ脅迫メールを送ってきた犯人だったりしない……よね？

降ってわいた危険性にギョッとする僕の腕の中で、無邪気な双子の弟は抜け出そうともがきながらも「ニコル、がんばれぇー」と兄に声援を送っている。

「ニコル、止まって！　危ないから、だめ！」

白いバンの真後ろまできて、ニコルがようやく立ち止まる。

まるで見計らっていたように助手席と後部座席のドアが開き、水色の作業着と帽子、軍手をはめてサングラスをかけた男がふたり降りてくる。

後部座席から出てきた男の帽子から金髪がはみ出ている上に、その手に双子の好きな幼児番組の中に出てくるキャラクターのぬいぐるみを持っているのを見た途端、僕の口からは「ニコル逃げろっ」という言葉が飛び出していた。

ひょっとしたら、たまたま車の中にあっていたぬいぐるみをプレゼントしようとした善意のひとで、髪は金色に染めているだけかもしれない。

そんな可能性が頭の隅を掠《かす》めたけれど、本能的なものが僕に違うと告げていて、なのにニコルはぬいぐるみに手をのばしつつ、自《みずか》ら男たちに近づいていく。

——どうしよう、絶対に怪しいのに……テオドール、僕どうしたらいい？

心の底から頼りたいけれど、テオドールはすでに出勤してしまった。

他に、誰か頼れる人がいれば……。

「あっ、そうだ！　丹澤さーん！　丹澤さん、出てきてっ」

仕事として頼んだとテオドールが言っていた。

もしかしたら別の仕事で不在かもしれないけれど、まだ朝だ、家にいるかもしれない。

お願いだから家にいてくれ……祈る気持ちで叫んだ声が届いたのか、仕事柄の勘《かん》なのか、呼んだばかりの丹澤さんが缶ゴミの袋を提げて玄関からひょっこりと現れる。

「丹澤さん、ニコルがっ。あっ、だめっ、ニコル戻ってきなさいっ」

「ママぁ、あのね、ぬいぐるみもらったのーっ」

軍手をした男の手からぬいぐるみをもらって嬉しそうに報告するニコルの身体が、背後に回ったもうひとりの男に抱えられる。

それを見たアンドレは、ようやく僕の焦りや危機感を察知したのか、「わるいひと？」と小さな声で僕に尋ねた。

「そう！　悪いひとっ！　アンドレ、おうちの中に入ってて！」

緊急事態に気付いた丹澤さんがニコルを抱えている男の身体を缶ゴミの袋で殴りつけている今なら、運転席からもうひとり出てきたとしても何とかなるかもしれない。

僕がそう判断したのは、缶ゴミがガシャガシャと鳴る音が聞こえたのか、ただならぬ気

配を感じたのか、空《あ》き地を挟んだ向こう側、丹澤家の隣に建つ家のご主人が、高枝切り鋏《ばさみ》と剪定《せんてい》したばかりらしい庭木の枝を持って外へ出てきたからだ。

出社前というより休日モードな恰好のご主人に向かって、必死で「助けてくださいっ」と叫んで、僕はニコルの身体を受け取ろうしているもうひとりの男の両肩を掴んだ。

ケンカなんか得意じゃないし、武道の心得も何もない。高校の頃に体育の授業でチラリとだけ習った気はするけれど、そんなものはとっくに忘れてしまった。

今の僕にできるのは、両肩を掴んだ状態で、右足で男の膝裏を背後から蹴りつけてバランスを崩させつつ、全体重をかけて自分からアスファルトに倒れ込んでいくだけで……。

ふぅっと遠のきかけた意識を、「ユウさんっ」と叫ぶ声が引き戻す。

ああ丹澤さんの声だと思うと同時に、身体の下になった右肩がズキズキと痛み出す。

「ユーゴっ？　ユーゴ、だいじょうぶ⁉」

心配するニコルの声が耳に届いて、呻《うめ》きつつもよろよろと立ち上がる。

白いバンの後部座席に乗せられたニコルが、外に出てこようとするのが見える。

「守らなきゃ……」

ニコルに近寄りつつ状況を確認すると、何事かという様子で側道に出てきていた高枝切り鋏を持ったご主人も駆けつけてくれていて、丹澤さんと取っ組み合いになっている男の腰を、手にした鋏のパイプ部分で殴りつけて応戦していた。

形勢が悪いと見たのか、エンジンをかけた白いバンの運転席から、もうひとりの男が出てくる。僅《わず》かに迷った顔をした男は、助っ人に出てきてくれた高枝切り鋏のご主人と丹澤さんのふたりを相手にしている助手席の男のほうへ割り込んでいく。

「ニコル、今度買ってあげるから、そのぬいぐるみはおじさんに返そうね。さあ、今のうちにおいで……、っ！」

痛む肩に顔をしかめつつも、こっちにこなくて良かったとホッとして、僕はニコルを後部座席から両腕で抱えて連れ出した。

だけど一度は引き倒した男が起き上がり、ニコルを奪い取ろうと掴みかかってくる。

「ユウさんっ、ニコルくんをこっちへ！」

ふたりの男を高枝切り鋏のご主人に任せて、丹澤さんが来てくれる。両手がニコルで塞がっている僕に襲いかかってきた男が、丹澤さんに殴りつけられる。

その丹澤さんに「お願いしますっ！」とニコルを押しつけて、僕は再び向かってこようとしている男に身体ごと突っ込んだ。

視界の中で、高枝切り鋏を持って参戦してくれたご主人が、長い鋏を振り回して果敢《かかん》に応戦してくれている。だけど、武器を手にしていても二対一は形勢が不利らしい。

状況がよくないのは、僕だって同じだ。

重心を少し低めにして体当たりを試《こころ》みた僕の肩を、男が掴む。

長身でがっしりしている男と僕では、そもそも力勝負にならない。

体格ですでに差があるし、押し返されたら力負けするのはわかっている。

でも、力勝負で勝つのが目的じゃない。男がニコルと丹澤さんを追いかけないように足止めがしたいだけだ。ちょっとした時間稼《かせ》ぎができればいい。

そう思って再び体当たりをしたのに、男は突っ込んできた僕の右腕を取っただけで、受け止めようとするのではなく、ついている勢いのまま左へと流した。

さっきの仕返しだと言わんばかりに、体当たりを空振《からぶ》りさせた僕の膝裏を蹴りつけて、男が圧《の》し掛かってくる。

掴んだ腕を捻られ、身体がぐるりと反転する。その拍子にシュヴァリエ家から出てくる丹澤さんの姿が、目に入った。戻って来ようとしている彼のそばにニコルの姿がないのを確認して、僕はホッと安堵する。

――ああ、よかった。これでもうアンドレもニコルも大丈夫だな。

大丈夫じゃないのは体当たりの勢いを利用してアスファルトに転がされた僕のほうだ。

仰向けに倒れた僕に男が馬乗りになり、お腹に一撃を入れられて「ぐえっ」とカエルが潰れたような声が漏れる。

そのすぐあとに、「こらーっ、俺の鋏を返せぇっ！」と叫ぶ高枝切り鋏のご主人の声が聞こえてくる。

思わずそちらに目を向けると、運転席の男が高枝切り鋏を投げ捨てるようにして白いバンの下に滑り込ませ、助手席の男が鋏の持ち主を突き飛ばしていた。

「おいっ、その女が奴《やつ》の妻なんだろう!?　もう、そいつでいいっ、連れて行くぞ！」

運転席の男が日本語で怒鳴り、残る二人が肩を竦《すく》める。

後部座席の男は僕がお腹から退くと、外国語で何か叫んで僕の腕を掴む。

それから、ウィと返事をして走ってきた助手席の男とふたりがかりで、もがく僕を後部座席へ乱暴に放り込んだ。

「あっ、ユウさん！　おいっ、お前たち、そのひとを離せっ。すぐに警察に……っ」

丹澤さんの声をドアの閉まる音が遮《さえぎ》る。

エンジンをかけたままだった車は、男三人と僕を乗せてすぐさまその場を走り出す。

スピードがそれほど出ていないうちにと思って、ドアに手をかけ、開いて飛び降りようとするけれど、後部座席の男が即座に気付いて僕の身体を引き戻した。

「逃がすなよ、その女。ちゃんとロープで縛っておけっ」

運転席の男に言われて、助手席の男がロープをうしろへ差し出す。

拘束されたいはずがない僕は暴れるけれど、閉め切った空間には逃げ場がない。

あっという間に両足首にロープをかけられ、後ろで手首をひと括《くく》りにされる。

更に、運転席の男の指示でアイマスクがつけられ、黒い布で視界も塞がれてしまった。

それで安心したらしい男たちは、多分フランス語なのだろう外国語で話し始める。

会話がわからないのは、今の僕にとっては逆によかった。

変に理解できても不安が煽《あお》られるし、それよりも大事なことがある。

――あっ、止まった。赤信号かな？

家の前から坂を下ってきて、ブレーキからアクセルに踏みかえられてすぐに車は右折した。しばらく直進、完全には止まらずに徐行《じょこう》して左折、直後に右折だから……。

頭の中の地図と照らし合わせて、どこへ向かっているのかを探る。

目的地を僕が知るはずもないから、途中からわからなくなるかもしれない。

だけど、チャンスがあれば逃げ出したいし、だったら少しでも土地勘のある場所のほうが有利な気がする。

入念《にゅうねん》に下調べをして双子を攫《さら》いに来たのなら、男たちにも、このあたりの地形がだいたいわかっているだろうけれど、予定と違って連れ去ったのが僕になったとはいえ、ひとまずは目的をクリアした男たちは、声を弾ませ笑っている。

三人の男が油断をしているなら、人数はもちろん、体力腕力でも劣っている僕でも、わずかなチャンスがありそうだ。

再び動き出した車の窓が開き、外から風と共に音がより大きく入ってくる。

誰かがタバコを吸い出したのか、車内に届くかもしれない匂いは掻き消えていく。

僕が思っている道順で走っているなら、そろそろこのあたりに少し早い時間帯から開店している肉屋があるはずだ。

地元で人気のコロッケを売る肉屋で、コロッケを店先で揚げる油の匂いと、少し枯《か》れ気味な声で威勢よく話すおばちゃんの声がしそうなものだけれど……。

神経を研ぎ澄ませて五感を働かせていた僕の集中力を、運転席の男の「やべぇっ！」という日本語がぷつりと断ち切る。

慌てた様子で何やら続けて言うけれど、日本語じゃないからわからない。

隣に座った男が動く気配があり、携帯のフラップを開けたらしい音、それからカシャッというシャッター音が耳に届く。

車内の音に気を取られているうちに車が止まり、前方から「はいよっ、コロッケと生メンチが五個ずつ、まいどっ」という声が聞こえてくる。

――これ、肉屋のおばちゃんの声だ！　やっぱり、この道か。

手首が後ろで縛られているからドアを開けるのは難しいけれど、人通りの多い場所で、なおかつ道が混雑してくれていたら、車内から助けてくれと大声で叫べば誰かが目隠しされた僕に気付くかもしれない。殺されるとでも付け加えれば、ギョッとするひとだって、ひとりやふたりはいるだろう。

ただ、朝夕は混雑するこの道路も、通り沿いの店が開き始める頃になると緩和《かんわ》される。

窓が下げられ、風や音が入り込んでくるこの状態なら、閉め切っているよりも僕の声は外に届きやすいだろうけれど……。

――今ここで、イチかバチか、賭けてみる？

逃げ出せるチャンスなんて、きっと、たびたび訪れるものじゃない。

だとしたら、試す価値があるかもしれない。

それならクズクズしないで、すぐにでも叫ばないと……。

「きたきた！　おい、あんた。亭主から返信がきたぞ」

車外に向かって叫ぼうとした僕の出鼻を、運転席の男が挫《くじ》く。

「な、何？　返信？　テオドールから？」

聞き返している途中から、走り出した車の振動が伝わってくる。

逃したチャンスを悔《く》やみつつも、そうとは悟《さと》られないように「どうしてこんなことをするんですかっ？」と聞き返す。

「脅迫メールが届いていたのは、とっくに聞いていただろう？　それとも、あんたの亭主は教えてくれなかったのか？」

「それは聞きましたけれど……。でも、何故？」

「あのブランドに日本進出されては困るというお偉《えら》いさんがいるんだよ。それで、新ブランドも日本出店も諦めるよう丁重にお願いしてみたんだが、聞き分けが悪くてなぁ」

運転席の男は僕にそう言ったあと、フランス語に切り替えた。

短いやりとりがあり、僕の身体が座席の中央へ引っ張られる。

助手席の男の声が何やら罵《ののし》ったあと、僕の左右は両方とも埋まってしまう。

「狭くなってすまないな。途中でもうひとり、ナビ役が乗ってくる予定なんだ。他の仲間も、な——で、まあ、こっちが本気だとわかってもらわなくちゃ困るからさ」

——ああ、びっくりした。それでうしろに来たのか。

逃げようと考えているのがバレたのかと思った僕は、心の中で安堵の溜め息をつく。

でも、この状況だと大声で助けを呼んで、通りかかった人に運よくドアを開けてもらえたとしても、ちょっとやそっとじゃ逃げられない。

「だからあんたの亭主に、奥さんを誘拐した証拠として写メを送ったんだよ。このところ脅迫メールを送るのをやめて大人しくしていた分だけ、今頃は泡食《あわく》って、こっちに戻ってこようとしているだろうさ」

楽しげに話す運転席の男に、僕の左にいる男が話しかける。

三人の間で交わされるフランス語での会話は、運転席の男が通訳してくれないことには、僕にはさっぱりわからない。

双子ではなく僕になったとはいえ順調に事が運んでいるのを喜んでいるのか、それとも、もっと平和な話題で盛り上がっているのか……。

テオドールの名前が聞こえてこないか、日本語じゃないからと油断して犯人の名前や企業名を言ってしまわないかと耳を澄ませるものの、なかなか口を滑らせない。

頭の中の地図と車の動きで現在地を予測しながら会話を聞いているせいか、窓は隙間を空《あ》けたままなのに、音や風の匂いまでは気が回らない。

赤信号以外は止まらずに走り続けている車は坂道を登り始め、やがてガクンと何かを乗り越えるような衝撃を車内の僕に伝えてきた。

僕の予測が正しいなら……今の場所はスーパーへ買い出しに行った帰りに通ると、いつも双子が『ひゅんってなったねぇ』と笑いあう場所だ。

――ということは、しばらく走るとこの先に緑地公園があるはず。

そのあと、道路は大きく二手に分かれる。

左に進む道はスーパーのほうへ行くけれど、用があるのはそっちばかりだから、右への道は僕自身ほとんど通ったことがない。

白いバンが左に進路を取るなら、まだしばらくは現時点を予測できるものの、右に進んでしまったら予測は不可能になる。

できることなら、道路が大きく分かれる前にこの車から逃げ出したい。

――そろそろ、午前中に飼い犬の散歩をさせるひとたちが公園に来ている頃だよな。

どうにかして、緑地公園に車を停めることができれば……立ち寄る理由を探していた僕の左側に座る男が、不意にこっちに身体を寄せて何か話し出した。

男の上半身に肩を押されて顔を顰めた僕の右で、もうひとりの男は呆れたような溜め息をつき、運転席の男が舌打ちをした。

「なあ、奥さん。このあたりにコンビニはあるか？　……っと、目隠しをしているから見えないんだったな。えーっと、どこだ、ここは……」

下調べはそれほど入念ではなかったのか、車にナビがついていないのか、このあたりの土地には不案内らしい。

苛々しているらしい声で、運転席の男が地名の標識もないのかと愚痴《ぐち》る。

舌打ちをした男はフランス語で指示を出し、いきなり僕の目隠しが外される。

「言っておくが、今だけだぞ、外すのは。またすぐに目隠しをするからな。で、このあたりにコンビニはないか？」

――頑張って現在地を予測していたのに……まあ、予測通りだったからいいけど。

すぐに答えたい気持ちを抑えて瞬きを繰り返し、外の明るさに目を慣らす。

実際に目が慣れてから、僕は「この先に、ありますけど」と男たちに教える。

「うーん。しかし、どう考えてもコンビニなんかに車を停めると目立つからなぁ。ったく、そいつがこんなところで、ションベンがしたいなんて言い出しやがって……ああ、そうだ。トイレのある公園はないか？」

ありますと即答したいところだけれど、「だったら、そのへんで立ってするのは？」とあえて言ってみる。

「そのへんで立ってしろって言うのに、トイレ以外ではできないなんて言うんだ」

「あの……、トイレに寄るなら、ぼ……私も、行かせて欲しいんですけれど」

外に出られるチャンスなら、逃すわけにはいかない。

トイレに行きたいというのが本当だと思ってもらえるように、僕はもぞもぞと内腿を擦《こす》り合わせて「お願いします」と付け加えた。

途端に、トイレに行きたいと言い出した張本人が、にやにやしながらひと言呟く。

それを聞いて右の男が口笛を吹き、運転席の男も声をあげて笑う。

「今、そいつが、な。奥さんは漏らせばいい、だってよ」

「なっ……、そ、そんなこと、できませんっ」

「手首のロープも目隠しもした状態なら、トイレに連れていってやってもいいぜ？　歩くのに不便だから、足だけは解いてやる。だけど、代わりに腰にロープを巻くぞ」

それでも構わないかと聞かれて、僕は嫌そうな顔を作って頷いた。

「ははっ、本当にいいのか、奥さん？」

「だって……仕方ないじゃないですか。あと少し走ったら緑地公園があります。そこなら、トイレも駐車場もあります」

「まさか、公園を突っ切らないとトイレがない、なんて言うんじゃないだろうな？」

「そんなことありません。駐車場から比較的近いところに、ちゃんとあります。もちろん、少しは歩かないといけないけれど」

「なら、そこで決まりだ。……んっ？　ああ、あれがその公園だな」

見えてきたのは、緑地公園の車用の入り口だ。

僕がそうですと答えると、言葉をフランス語に切り替えた運転席の男が指示を出したらしく、再び視界が黒い布で覆われる。

「さあ、ついたぞ。すぐに足首のロープだけ解いてやる。心配しなくても、ちゃんと奥さんをトイレまで連れていってやる。そこが本当にトイレかどうかは、保障しないけどな」

ねっとりとした厭《いや》らしさが男の声に滲《にじ》んでいて、ぞわっと鳥肌がたつ。

「お願いですから、本当にトイレに連れていってくださいっ。私、外でなんか……っ」

今度こそ『僕』と言いかけないよう注意して、懇願《こんがん》しているふりをする。

情《なさ》けなくも有難《ありがた》いことに、男たちは僕を女性だと信じ込んでいるようだ。

その思い込みのせいで妙な欲が出ているなら、今の僕は、それを利用するだけだ。

「まあ、ジーンズと下着は、俺が責任を持ってばっちり降ろしてやるから安心しろ」

「ええっ、そんなっ！　いやです、トイレでは手首のロープを解いてくださいっ」

「おいおい、贅沢《ぜいたく》を言うんじゃないよ、奥さん。あんた、自分がどういう立場なのか、わかっているのか？」

話している間に僕の腰にロープが巻かれ、足首の拘束が解かれる。

車のエンジンを切った運転席の男が「少し待て」と日本語で言ったあと、ドアを開閉する音が響いた。

――トイレがどこにあるのか、先に確認に行ったのか。

比較的近いとは言ったものの、すぐそこにあるわけじゃない。

三人の男がいる状態よりは、ふたりになった今のほうが逃げやすいような気もするけれど、このテオドールに脅迫メールを送りつけた犯人たちから逃げられるとしたら、多分ワンチャンスしかないだろう。

両側を男に挟まれているし、焦《あせ》って行動を起こして大事なチャンスを無駄にするわけにはいかない。

運転席の男が戻ってきて、車の外に連れ出され、トイレへと続く遊歩道に入ったら、そこからが僕にとっての勝負だ。

ウォーキングコースにしている人もちらほら見かける遊歩道は、障害物が少ないし、公園内の外周をぐるっと囲んでいる。

隠れられる場所はないけれど、そのかわりに駐車場付近の植え込みがあるあたりを抜ければ結構目立つ。

ものすごく杜撰《ずさん》な逃走計画だけれど、とりあえず隙を見てロープを持つ男のいるあたりに体当たりをして、そのままダッシュで逃げれば何とかなりそうだ……なると信じたい。

緊張しつつ外に出されるのを待っていた僕は、車のドアを開ける音にハッとする。

「おいっ！　近そうなことを言ったくせに、結構距離があるじゃないか！」

後部座席のドアを開けたらしく、斜め前ではなく真横に近い位置から声がする。

戻ってきた運転席の男の語気は強いけれど、それほど腹を立てている感じはしない。

もっと怒るかと思っていた僕は、ホッとしつつもそれを隠して慌てている様子を取り繕い、「比較的近いって言ったんです！」と弁解する。

「だって、さっき私に、公園を突っ切らないとトイレに行けないんじゃないかって聞いたでしょう？　それよりは、全然近かったはずですっ」

「だめだ。奥さんは我慢するんだな」

「そんなっ……、お願いです、トイレに行かせてください！」

運転席の男は「無理言うな」と一蹴《いっしゅう》して、フランス語に切り替える。

僕の左にいた男が身動きをして、ガチャっと聞こえたあと、空間にゆとりができる。

——これでひとりはトイレに行ったな。

最悪、外に連れ出してもらえないとしても、これで少しは左側から逃げやすくなった。

「わ、わかりましたっ！　もう、トイレじゃなくてもいいですからっ。そこのっ、そのあたりの繁《しげ》みでも構いません！　このままじゃ、私、本当に……っ」

「へぇ、繁みでもいいのか？　あんた、露出《ろしゅつ》の趣味もあったのか」

「そんな趣味ありません！　……ああ、お願いです、もう何でもいいからっ。早く外に連れ出して、私の下着を脱がせてくださいっ」

本当に脱がされたいわけじゃない。

それに、もし本気で僕を脱がしたら、目の前にぶらさがっているものを見て、男はびっくりするだろう。

いっそのこと、驚いているところを蹴りつけて逃げるほうがいいかもしれない。

前に回って脱がせるつもりでも、うしろからジーンズと下着をおろすつもりでも、腰に巻きつけられたロープの引き具合から『このへんだろう』とアタリをつけて体当たりをするよりは、相手に確実にダメージを与えられそうだ。

「ははは、ひでぇ女だな。人妻の癖に、旦那以外の男に脱がせてくれと頼むなんて」

男の声が、楽しそうに僕を蔑《さげす》む。

でも、上機嫌なのは運転席の男だけじゃないらしい。

三人で会話をする時には多分フランス語だろう言葉を使っているものの、今いない左の男はともかく、右の男は日本語が理解できるようで、僕と運転席の男の会話を聞いて下卑《げび》た笑い声をあげている。

「何なら、上も下も全部脱がせてやってもいいぜ？　奥さん、あんた本当は淫乱《いんらん》だろ？」

逃げるチャンスさえくれるなら、何を言われようが構わない。

しっかりとチャンスをものにして、テオドールの元へ、双子が待つ家へ逃げ帰ることこそが今の僕には何よりも大事なことだ。

「そうだ、奥さんが外で恥ずかしげもなくケツもアソコも丸出しにしてションベンしている記念の写メを撮って、愛《いと》しい旦那に、要求を聞き入れないならネット上にこの恥ずかしい写真をバラ撒《ま》いてやるって送りつけてやろう。そうすりゃ、あんたの旦那はこっちの言うことを聞くしかなくなるだろうな」

ギャハハハハと笑うふたりの男が、またもやフランス語に切り替える。

ふたりが数語の言葉を交わしている間に、「そんなことしないでっ」と嫌がっているふうを装《よそお》い、ついでにお尻でじりじりとあとずさって見せる。

「おいおい、ションベンがしたいんじゃなかったのか？　こいつが繁みまで連れていってくれる。記念写真も撮ってくれるから、遠慮しなくていいぜ」

右の男が降りる気配がして、腰に巻いたロープが引っ張られる。

身を屈めて外に出た僕の頭に乱暴に被《かぶ》せられたのは、多分、男たちの作業着と同じ水色の帽子だろう。

歩き出す前にカシャッとシャッター音がして、ふたりがフランス語で短く会話する。

「次は記念写真だ。綺麗に撮ってこいと頼んでやったぜ」

イヒヒと笑った運転席の男が、車から降りた僕の背中をバシッと叩く。

――女性じゃなくて男だけれど、さすがにそんな写真を撮られるのは嫌だな。

残念ながら、僕はテオドールの本当の奥さんじゃない。

だから、そんな脅迫メールを送っても彼には通用しない。

バイセクシャルだとカミングアウトしたテオドールが、男だとわかった上で僕を愛してくれてでもいるなら効果はあるかもしれない。

けれど、これもまた残念なことに、僕は愛されてなんかいないから効果はない。

だいたい、僕が実は男だというのを知れば、このひとたちも、そんな写メを撮っても意味がないと気付くだろう。

結局このひとたちが手に入れるのは、落胆だ。さぞかし残念がるだろう。

でも、落胆するのはこのひとたちだけなのかなと不意に思う。

脅迫の写メで、テオドールと彼の勤める会社に迷惑をかけたくない。

それは確かなのに、僕の心は何故か、どこかで少しがっかりしているようで……。

――好き、なのかな。

他の誰でもない、テオドールのことが、好きなのだろうか。

拉致《らち》だなんていう非日常的な状況の中で、僕のテンションが変になっているのか。

それとも、これは恋なのか。
今は、それどころじゃない状態なのにと思いながら、僕は肩を掴んだ男の手に押される
まま歩き出す。
目隠しをされているせいか、自然と歩幅が狭くなる。
恐る恐る歩く僕に、男がフランス語で話しかける。
意味が通じなくても、ロクなことを言っていない雰囲気は僕に伝わってきた。
男を無視して歩くうちに靴の裏に当たる感触がアスファルトから土へと変わり、枯葉《かれは》を
踏み締める音も聞こえてくる。
頭が木の枝に軽くぶつけたところで、男は僕を立ち止まらせた。
男は鼻歌でも歌い出しそうな機嫌のいい声で何かを告げて、僕の肩から手を離す。
ガサガサという音と共に、男の気配が僕の正面に回る。
僕は逸《はや》る気持ちを抑えて、その瞬間が訪れるのを待った。
ひとりで勝手に喋っている男の声が低くなると同時に、片膝でもついたのか、追加でガ
サッと枯葉が踏まれる音が聞こえてくる。
――い、今だっ！
ジーンズのベルトに男の手がかかった瞬間、右足を一旦《いったん》引いて思いっきり蹴り上げた。
ガツッと膝に衝撃が走ると共に、「ンゥッ！」と男が呻いた。

僕のベルトから手が離れ、ドサッと倒れ込む音がする。

それを聞いて、即座にその場を離れるものの、目隠しされたままでは全速力が難しい。

普通に歩くのと大差ない速度しか出していないのに、二度も樹に頭と肩がぶつかる。

こんな状態では、起き上がってきたあの男にすぐに掴まってしまう。

だったら、自分から誰彼構わず聞こえるように居場所を知らせたほうがマシだ。

この緑地公園にいるあの男たち以外のひとが気付いてくれますように……強くそう祈りながら、僕は「助けてーっ」と大声を張り上げた。

「助けてーっ、誰かーっ！」

叫びながら、頭から邪魔な帽子を振り落とす。

とりあえず目隠しと手首のロープを解いてもらわないことには、自力じゃ逃げられない。

「誰かいませんかーっ、助けてくださ……っ!?」

頬を細い枝に叩かれて顔を顰《しか》め、それでも助けを求めて声をあげ、ガサガサと枯葉を踏み締めて方向もわからないまま前へと進んでいた僕の行く手を何かが阻《はば》む。

樹や壁などではなく、明らかに人にぶつかった感触だ。

「だ、誰っ……？」

——ひょっとして、あの男たちの中の誰か？

運転席の男が僕の声を聞いて駆け付けたのか、それとも僕自身が駐車場のほうに向かっ

て進んでいたのか、あるいは顎かどこかを膝で蹴り上げただろう男が起き上がって、僕の行く手を阻んでいるのか。

警戒してあとずさろうとした僕を、誰かがぎゅっと抱きしめる。

身体を捩《よじ》ってもがく僕の耳元で「……よかった」と声がして、ようやく、今、テオドールが抱きしめているのだと気付いた。

「テオドール？　あの、仕事は？」

「脅迫メールを受け取ったあと、すぐに出てきたんだ」

彼の声が、僕の緊張を解いていく。

安堵がじわじわと広がって、喜びへと変わっていく。

「ええと、でも、どうして僕がここにいるとわかったの？」

抱擁の腕が緩み、目隠しと手首のロープが外される。

視界と両手の自由を取り戻したのは嬉しいけれど、もう少し、テオドールの腕の中で安心感に浸りたかった。

「丹澤さんが教えてくれた。お前が連れ去られたあと、双子をうちの車に乗せて、白いバンのあとを尾行《びこう》していたんだ」

テオドールは僕の肩を抱いて、話しながら歩き出す。

駐車場に車を停めているなら、あの男たちもいるんじゃないかと思ったけれど、丹澤さんと高枝切り鋏のご主人が、男三人を縛りつけて動けないようにしていた。

「もうひとりのご近所さんが機転《きてん》を利かせて、家にあったお前の携帯を持って一緒に車に乗ってくれたらしい。今どのあたりにいるか随時メールと電話で知らせてくれたから、ここへ直行できたんだ」

「ああ、あの高枝切り鋏のご主人……あとでお礼に伺《うかが》わないと」

「安東《あんどう》さんだ。お礼に伺う前に、優吾は、恩人の名前を憶えないといけないな」

こっそりと僕に耳打ちをして、テオドールが「見つけました」と声をあげる。

ご無事でしたかと振り返った安東さんは、一度は助手席の男に投げ捨てられた高枝切り鋏を、その手にしっかりと握っていた。


「……寝たかな？」

「そのようだな。優吾、下へ降りよう」

テオドールの返事に頷いて、ニコルの手から掴まれていた人差し指と中指を抜く。

双子の眠るベッドを出来るだけ揺らさないようにそっと降りて、忍び足で僕たちは子供部屋から脱出した。

リビングまで来て、ふぅっと息をつく。

「疲れただろう？　大変な一日だったな」

そう言って僕をソファへ促して、テオドール自身はキッチンに向かう。

「うん。でも、ニコルとアンドレが怪我ひとつしてなくて、本当によかった」

「よくない。双子は無事だったが、優吾は怪我をしたじゃないか。あの子たちの代わりに誘拐されるなんて……優吾、すまなかったな」

さっきアンドレを撫でてやっていた手が、「まだ痛むか？」と僕の頬に優しく触れる。

ただそれだけのことなのに、胸がドキッとして、触れられた頬が熱くなる。

――やっぱり、テオドールが好きなのかな。

昔、すごく好きだった子はいたはずなのに、その時どういう気持ちだったのか、思い出せない。

テオドールに向かっている僕の感情は、あんな淡いものとは違う。

慣れない感情を、どうしたらいいのかわからない。

自分で自分を持て余しながら「平気」と呟いてほんの僅《わず》かに身を引き、彼の指と僕の頬の間にささやかな距離をあける。

「殴られたり叩かれたりした傷じゃないから、大丈夫。それに、一番痛いのは右肩かな」

細い枝が当たった部分は少し赤くなっていただけだったけれど、あまりにも双子が心配して……「看病《かんびょう》するの」と涙声で訴えるニコルが貼りたがるものだから、今の僕の頬には絆創膏《ばんそうこう》がペタッと一枚貼りつけられている。

「……同情するわけじゃないけど、あのひとたち、大丈夫かな」

シュヴァリエ家に戻ってくるまでの間に、テオドールには、もう話してある。

あの男たちにされたことも言われた話も、ひとつ残らず全部だ。

丹澤さんと安東さんが縛り上げた男たちは、そのまま放置してきた。

彼らに拉致してこいと命じたライバル企業が、あの男たちを引き取る手筈《はず》になったと言うから、もうあの駐車場にはいないだろうけれど……犯行に失敗した件であのひとたちが酷い目に合わされるなら、まだまだ気が抜けないかもしれない。

「お前を誘拐した連中だ、心配なんかしてやらなくていい」

「そうじゃなくて、逆恨《さかうら》みされても嫌だなと思ってさ」

「今、急遽《きゅうきょ》ボス同士で話し合いをしている。先方のトップは本気で知らなかったようで、この事態に怒り心頭《しんとう》らしい。どうやら先方には、今回の脅迫を成功させた上でクーデターを起こす計画が一部の者の間にあったようだ。それで、確認しておきたいんだが……優吾、お前は今日の件を警察沙汰《ざた》にしたいか？」

瞬間的に考えて、したくないと答える。

下手に警察に被害を訴えると、厄介事《やっかいごと》が増えるかもしれない。

僕がどこで何をしているか大和に知られてしまいそうだし、カモフラージュのために妻だということにしてあるのに実は男だったという話もご近所さんたちに知られかねない。

「そうか。一応、丹澤さんにはすでに警察沙汰にはしないと言ってある。優吾にもその気がないなら、この件はボスたちに任せよう。……それにしても、丹澤さんにお前たちのことを頼んでおいて正解だったな」

キッチンからリビングへ移動してきたテオドールが、耐熱ガラスのカップを差し出す。カップの底には、ひと口大にカットされたフルーツらしきものが沈んでいて、柄の長いフォークが添えられている。

湯気と共に甘酸っぱい香りがふわりと立ちのぼり、僕は「りんご？」と彼に尋ねた。

テオドールは僕の隣に腰を降ろしながら頷いて、赤ではなく白で作ったホットワインだと教えてくれる。

「へぇ、白ワインでも温めて飲むんだね」

「これを飲んで、ぐっすり眠るといい。怖い夢を見そうなら、俺が添《そ》い寝《ね》してやるぞ」

「怖い夢、か……」

見てしまうかもしれない。と思った途端に、誘惑に駆られる。

——添い寝、頼んじゃおうかなぁ。

本気で考えている自分に気付いて苦笑して、頼めるはずがないと押しのける。

まったく、どうかしている。拉致なんていう非日常的な目にあって、逆に、今夜は一睡《いっすい》もできないかもしれないというのに。

ふぅっとついた溜め息に、湯気《ゆげ》が乱れる。

温かい白ワインをひと口飲んで、柄の長いフォークでりんごを突き刺す。

柔らかくなったりんごを食べる僕と、ホットワインを飲むテオドール。

あんなことがあったせいか、今は会話より沈黙が心地よく、こうしてふたり並んで座って穏やかな時間を過ごせるのが僕には嬉しい。

だけど、突如として鳴り響いたテオドールの携帯電話が沈黙を破る。

鳴っているのは彼の携帯で、電話に出たテオドールはチラッと僕に目をやり、「これから、ですか？」と聞き返した。

どこかへ出かけるのかと思っていると、お待ちしていますと言って通話を終える。

「優吾、丹澤さんが今からここへ来る。俺たちに、ちょっと確認したいことがあるそうだ」

「丹澤さんが、僕たちに？　何だろう」

首を傾《かし》げた視線の先、掃出《はきだ》し窓のカーテンの隙間に人影が映る。

ギョッとした僕の顔で異変に気付いたテオドールが、カーテンを勢いよく引く。

「ええっ。丹澤さん、どうしてこんなところから？」

慌てて窓を開けて、丹澤さんを迎え入れる。

「実は玄関チャイムを鳴らしかけたんだけれど、もう双子くんたちが寝ているかもしれないと思って。驚かせてすまなかったね」

笑いながら頭を掻いた丹澤さんが、「遅くにお邪魔して申し訳ない」と頭を下げる。

テオドールは彼にソファを勧《すす》めるとキッチンへ行き、丹澤さんの分のホットワインを温め直して戻ってくる。

「やっとホッとなさっている時間に押しかけるのはどうかと思ったんです。でも、一旦気になり始めると、気持ちが落ち着かなくて」

一人掛け用のソファに座ってホットワインを受け取った丹澤さんが、カップを持つ僕の手元をじっと見る。

「こちらこそ、今日はありがとうございました。丹澤さんと安東さんには、改めてお礼に伺わなくちゃと話していたんですが……。ところで、あの、丹澤さんは僕たちに何をお聞きになりたいんですか？」

丹澤さんの視線が、本題を促した僕の手から顔、更に胸元へと移動する。

「失礼は承知の上で、率直にお尋ねします。もし違っていたら、申し訳ないのですが……ユウさんは、実は女性ではなく男性なんじゃないですか？」

「なっ……、何を根拠《こんきょ》に、そんな……。やだなぁ丹澤さん……」

いきなりの核心をつく質問に、冷たい汗がドッと噴き出す。

焦《あせ》る僕を、眼鏡越しの目が冷静に観察している。

「丹澤さん、どうしてそう思うんですか？」

質問に質問で返したテオドールに、丹澤さんは僕の左手を指差した。

「たとえば、それ。外に出る時には結婚指輪をなさっているのに、家の中では、はめないんですか？　今朝も、はめていませんでしたよね」

「ゆ、緩いからです！　あの、ほら、排水溝に流したりしたら大変だから……」

「でも、水仕事をする時だけじゃないですよね、外すのは。今日ニコルくんを急いでこの家の中に運び込んだ時、玄関に指輪のケースがありました。何故あんなところに？」

他人の目がある時しか、はめていないから……なんて正直に言えず答えに詰まる。

「根拠は、それだけですか？」

「いいえ、他にもあります。ニコルくんが拉致されそうになった時、ユウさんが抱いていたニコルくんを受け取った時に、手が、ね。結構ダイレクトに、胸に触れてしまったんですよ。失礼ながら、本当に女性かなと疑いたくなるほど薄かったもので……」

――ええと……そうだった、かな？

状況が状況だったし、僕の記憶は曖昧《あいまい》だ。あの時はニコルの安全を確保するのに必死で、胸に触れたかどうかなんて構っていられなかった。

それに、丹澤さんがカマをかけている可能性だってある。

「胸のサイズは、個体差がありますが？」

落ち着いた声でテオドールが言うのを聞いて、それもそうだと僕は彼の隣で頷いた。

「……そう仰《おつしや》るとは思っていました。では、白いバンを追いかけている時に、お子さんたちが、ユウさんのことをママだけではなく『ユーゴ』と呼んでいたのは？」

丹澤さんに聞かれて、テオドールが返事に窮《きゆう》する。

僕だって、どう言い抜ければ誤魔化せるか、思いつかない。

「別に、ユウさんの本当の名前がユーゴで、女性ではなく男性だったとしても、口外するつもりはないんですよ。ただ、その、一旦気になると、どうにも落ち着かなくて」

苦笑いを浮かべた丹澤さんが、まだ飲んでいなかったホットワインを口に運ぶ。

――正直に答えたほうが、いいのかな？

男だと知ってくれている人が、ひとりくらい近くにいたほうがいいような気もする。

「テオドール、話してもいい？」

「……好きにしろ」

素《そ》っ気《け》なく、仕方なさそうに言ってテオドールが肩を竦《すく》める。

「ユウさん……いや、ユーゴさん、かな？　やっぱり、男性ですか」

「はい。あの、騙《だま》すつもりはなかったんです。ただ、その……」

どこまで事情を話すべきかと考えながら言葉を続けるつもりだった僕を、ホットワインを飲んでいた丹澤さんが「ああ、いえいえ」と遮《さえぎ》る。

「そういうことなら、それはそれで。いや、まあ、どこの家庭だって、それぞれに何らかの事情を抱《かか》えているものですよ。だから、気にしないでください」

「丹澤さん。僕が男だということは、このまま伏せておいて欲しいんですけれど」

「ああ、なるほど。そういうことですか」と何やら納得して、もちろんですと頷いた丹澤さんが、残っていたホットワインを飲み干す。

「依頼人の秘密厳守は仕事柄当然ですよ。こちらこそ、詮索《せんさく》するような真似をしてすみませんでした。これでぐっすり眠れます」

沈んでいたりんごを口の中に放り込んだ丹澤さんが、ごちそうさまとソファを立つ。

おやすみなさいと晴れやかな顔で挨拶をして、現れた時と同様に丹澤さんは掃出し窓から外へ出て行った。

ふたりで丹澤さんを見送って、揃ってふぅっと溜め息をつく。

「ごめん、テオドール」

せっかく女性、しかもテオドールの奥さんだとカモフラージュしてくれていたのに、バラしてしまった。

だけど、ソファに背中を投げ出していたテオドールは、「何故お前が謝る?」と不思議そうな顔をする。

「優吾に落ち度はない。それに、緊急事態だったんだ。そうだろう?」

「でも……指輪は、油断していたよ」

「緩いんだから、仕方ない。それより、丹澤さんは俺たちの仲を勘違いしているようだが、優吾は構わないのか?」

勘違いと言われて、どの話だと首を傾《かし》げて……だけどすぐに、丹澤さんがそういうことですかと言っていたのを思い出す。

「ひとりで納得していたみたいだけど、僕には、さっぱりわからないよ。テオドールは丹澤さんがどう納得したのか、わかっているの?」

「最初の挨拶回りの時に、妻だと言ってあるからな。男同士の夫婦、うっかりすると駆け落ちでもしているんじゃないかと勘違いしているんじゃないか?」

——僕たちが夫婦!? それも、駆け落ち!?

まさかの推測《すいそく》に、びっくりする。

だけど、男同士だという以外は本当のことを言っていると丹澤さんが思ったなら、そういうことになるかもしれない。

「優吾は、男だと知られた上で、そういう仲だと勘違いをされるのは、困るか?」

男だと知られたと言っても、知っているのは丹澤さんだけだ。

それに、万が一、大和がこのあたりまで僕を探しに来たとしても、丹澤さんが僕たちを駆け落ちだと勘違いしてくれるなら知らないふりをしてくれるかもしれない。

　僕は少し考えてから、「困らない、かも」と答えた。

「優吾。丹澤さんがしているかもしれない勘違いを、事実にする気は、ないか？」

「事実といっても、丹澤さんが本当にそう勘違いしているかどうかは、……えっ？」

　答えている途中で、テオドールの質問への返事になっていないと気付く。

　――勘違いを、事実にする？

　僕がどう聞き違えたのか、彼が何と言ったのか、頭の中からスコンと抜けて、一切がわからなくなる。

　茫然《ぼうぜん》と見つめる僕の手が、ソファに預けていた背を起こしたテオドールに取られる。

「優吾。俺は、周囲へのカモフラージュのためではなく、双子を育てる親として、本当にニコルとアンドレの母親になるつもりはないかと聞いたんだ」

「ま、待って、テオドール。僕、男だよ？」

「お前がれっきとした男性だというのは、俺も子供たちも重々承知《じゅうじゅう》している」

「あのさ、母親っていうのは女性がなるもので、男の僕が……」

　どんなになりたくても、なれないものだ。

　自分が続けようとしている言葉がわかって、口を閉ざす。

「なれる。ニコルとアンドレにとっては、優吾はもう『ママ』なんだ」

「え……？」

「お前の携帯から安東さんが連絡をくれている間、ずっとニコルとアンドレの泣きじゃくる声が聞こえていた。丹澤さんの話していた通り、確かに『ユーゴ』と何度も呼んではいた。けれど、それを上回るくらい『ママ』と繰り返していたんだ」

泣いている双子の顔が目に浮かんで、胸の奥が切なく引き絞られる。

男の僕でも、あの子たちの母親になれるものなら……、だけど……。

「テオドール、双子の母親にって言ってくれるのは、ニコルとアンドレのため？」

大事な双子のため……それだけ、なんだろうか。

「もし、テオドールに好きなひとができたら、どうするつもり？　その人と幸せになりたいと思った時に、僕はテオドールの邪魔になるよ」

バイセクシャルだというテオドールなら、次に愛する人も女性かもしれない。

今は双子が懐《なつ》いてくれているけれど、母親の役割なら、男の僕よりも女性のほうが自然だし、家族としても相応しい。

「邪魔になるはずがない。子供たちにとって、優吾は、もう欠《か》かせない存在になっている。それにも増して、俺が優吾に、ふたりの母親になって欲しいと望んでいる」

「そう言ってくれるのは嬉しいけれど、テオドールに新しい恋人が、それも女性の恋人ができるかもしれないだろう？」

「違う、優吾。そうじゃない。ニコルとアンドレの母親になって欲しいと言うのは、俺の妻になって欲しいからだ」

――テオドールの妻に？　それって……、いや、そんなはずは……。

僕の手を口元に引き寄せ、唇をそっと押し当てたテオドールが、「言い方が少しまずかったな」と呟く。

頭の中が混乱していて、彼の腕に抱き寄せられて気分は高揚《こうよう》しているしドキドキもしているのに、現実感が伴わない。

「優吾が双子を大事にしてくれているのは、今日の一件で、つくづくよくわかった。だから お前には、俺の妻になってくれと切り出すよりも、双子の母親になってくれと話したほうが受け入れられやすいかと思ったんだ」

「……ええと、あの、テオドール？」

「優吾、俺はお前が好きだ。俺が優吾を愛するように、お前からも愛されたい」

テオドールの言葉は嬉しいけど……。

「か、考える時間！　テオドール、僕に考える時間をくれないか？」

気が付いた時には、僕の口からは猶予《ゆうよ》を求める言葉が飛び出していた。

わかったと頷いたテオドールが、握っていた僕の手を離してソファを立つ。

――僕だって、彼のことが好きなのに。

本当は、ものすごく嬉しい。

だけど、それはテオドールや双子にとって最良なのだろうか？

素直に喜びたい僕を、他の誰でもない僕自身が押し留めている。

この一日で色々とあったせいか、今の僕は、ただ戸惑うことしかできないようだった。

テオドールが、家にいる。

……家にいてもおかしくはないのだけれど、休暇を取ってまで、家にいる。

「パパぁ、アンドレと一緒に、お池いこうよっ。一緒に、鯉《こい》のごはんー」

「昨日ごはんあげるの、忘れたの。お腹ぺこぺこなんだよ」

アンドレがテオドールの脚を引っ張ろうとし、ニコルが僕の腕にぶら下がろうとする。

朝からずっとこんな感じで、双子《ふたご》はテオドールと僕にべったりとくっつき、一瞬たりとも離れようとしない。

午前中に一度買い物に出ようとしたけれど、僕ひとりで行こうとすると双子が大騒ぎをして、結局はテオドールに行ってもらった。

だけど、テオドールの姿が見えなくなってしばらくすると、双子は心細そうな顔で「パパ、どこ?」「パパがいなくなった!」「帰ってくる?」と不安を僕に訴え始めて……。

幼いふたりに及《およ》ぼした影響に、ついつい、溜め息をついてしまう。

でも、溜め息の理由はそれだけじゃない。

昨夜テオドールから思いがけず聞かされた、僕に対する彼の気持ち。

——僕、どうしたらいいのかな。

今のままじゃ、だめなんだろうか。

「……からね、ユーゴも行くの！　……ユーゴ？　おなかいたいの？」

ニコルにシャツの裾《すそ》を引っ張られて、我に返る。

慌てて「痛くないよ。でも、お腹がぺこぺこなんだ」と微笑むと、ニコルは安堵《あんど》の表情を浮かべて、「お腹すいたね」と頷く。

「ニコル、パパもいくって！　ユーゴ、丹澤《たんざわ》さんのおうち、行くよねっ？」

アンドレが、僕に駆け寄って「ねっ、行くよね？」と繰り返す。

やっぱり、できるだけ四人一緒にいたいらしい。

僕の胸の中で、幼い双子への申し訳なさが膨れ上がる。

なのに、その奥には微《かす》かだけれど、確かに喜びがある。

ニコルとアンドレにとって、もう僕は欠かせない存在になっているのだと……昨夜のテオドールの言葉を、まざまざと実感できるのが嬉しい。

けれど僕のこのささやかな喜びは、幼いふたりが感じているストレスのせいだ。

本当なら、とてもじゃないけれど喜んじゃいけない。喜ぶどころの話じゃない。

わかっているのにそれでもやっぱり嬉しくて、僕はそっと自己嫌悪の溜め息をついた。

「ユーゴ？　ユーゴも、いくよね？　おるすばん、しないよね？　……いかないの？」

「ううん、行くよ。でも、お昼ご飯を食べてからにしようね」

「ほんと？　よかったぁ。あのね、僕とアンドレ、パパ、それにママのユーゴが一緒じゃないと、ぜったいにだめなの」

「あのね、ニコル。安東《あんどう》さんのおうちへ、みんなで、ごあいさつに行くんだって。そのあと、丹澤さんのおうちに行くんだよ。パパが、そう言ってた」

テーブルに取り皿を並べる僕にまとわりつきながら、アンドレがニコルに報告する。

キッチンにいるテオドールは、「鯉の餌《えさ》をやったあとは、帰ってきて昼寝だぞ」と双子にしっかりと釘を刺す。

無邪気に喜ぶ双子を僕がチャイルドチェアに座らせている間に、テオドールがチキンの入ったケチャップライスを山の形で大皿に盛りつけ、紙に描いて竹串《たけぐし》に貼りつけただけの国旗《こっき》を持ってくる。

テオドールが双子の作った国旗を頂上に突き刺すと、ニコルとアンドレが握ったスプーンごとバンザイをして歓声をあげる。

双子が描いた日本とフランスの国旗はちょっといびつだけれど、双子は「僕たちが作ったのっ」「パパがお買い物してる時だよ！」と得意げだ。

「ニコル、アンドレ、旗を倒したら負けだからね？」

「取り分けた分は、残さず食べるんだぞ？」

身を乗り出して『わぁい』とも『はぁい』とも聞こえる返事をした双子が、大皿に取り皿を近づけてスプーンをケチャップライスの山に突き立てる。

同じような場所からふたりが一度に欲張って取ろうとするのを見て、それじゃすぐに倒れちゃうよと注意かけて……。

テオドールが同様に口を開こうとしているのを見たものの、双子は僕たちが声を発する前にスプーンを手前に引いてしまう。

途端に、国旗はパタリと真横に倒れてしまって……。

がっくりと肩を落とした双子は「あーあ」と無念《むねん》の声を揃えたのだった。


すやすやと寝息を立てている双子の合わせ鏡のような寝姿が、たまらなく愛《いと》おしい。

リビングに敷いたお昼寝用マットの上で眠りについたニコルとアンドレを、じっと眺める。昨日拉致されたのが、双子のどちらかでなくて本当に良かった。

「ずっと掴んでいただろう？　お礼を言っている間も、鯉に餌をやっている時も」

ニコルの瞼《まぶた》にかかる前髪を払ってやりながら、テオドールが僕に言う。

賑《にぎ》やかな昼食のあと、昨日のお礼に伺った安東さんの家では行儀《ぎょうぎ》よくしていた双子は、

Kid's car
Kid's car
A
N

すでに慣れている丹澤さんのところでは、いつもに増してはしゃぎ放題で、だけど、家の外ではふたりとも僕の手をぎゅっと握ったまま離そうとしなかった。

「しばらくは、この状態が続くかもしれないな」

「うん。それだけ不安にさせたんだから、しょうがないよ」

申し訳ない気持ちが溜め息になって、唇から細く洩れる。

だけどテオドールは「違う」と首を横に振った。

「俺はもちろんだが、子供たちにも、もうお前はそれほど欠かせない存在なんだ」

情熱を潜《ひそ》ませた声と真摯《しんし》な眼差しから、目を逸《そ》らせる。

「あの、テオドール。まだひと晩しか経っていないし、もう少し考える時間を……」

「わかっている。今ここで返事をしてくれと言っているわけじゃない」

——だったら、いいんだけれど。

ふうっと息をついてから、テオドールの表情に気付く。

「優吾……、今日は溜め息ばかりだな。俺は、お前を困らせているか？　俺のこの気持ちは、優吾には迷惑か？」

「そっ、そうじゃなくて！」

テオドールが、どこか辛《つら》そうな表情をしている。

でも、彼にそんな顔をさせているのは、他の誰でもない自分自身だ。

「迷惑だなんて、とんでもないよ。本当は僕だって、テオドールが……」

好きだ、と言いそうになって唇を閉ざす。

けれどテオドールには、途切れた声の先にある僕の気持ちは通じたようだ。

「そうか。……俺もお前も、男だからな。優吾が躊躇《ためら》うのも仕方ないか」

「もしかしたら、躊躇いもあるのかもしれない。けれど、それよりも僕は、自分に自信がないんだ。本当に僕でいいのかな、って」

テオドールに辛そうな顔をさせるくらいなら、全部、話したほうがいい。

――だって『好き』は『好き』で、変わらないんだから。

戸惑いや迷いはあっても、彼が好きだとわかってしまっている今、その気持ちはもう僕にも、なかったことにはできない。

「昨日はテオドールの気持ちを聞かせてもらって、すごく嬉しかった。正直な話、僕だってテオドールが好きなんだ。なのに、まだ素直になれない」

何もかも、自信がない。

僕の話は、ちゃんとテオドールに通じているだろうか？

不安が波となって心に押し寄せ、彼への気持ちを濁《にご》らせる。

「いや、いいんだ。迷惑じゃないと確認できただけでも、今の俺には充分だ」

「ごめん、テオドール」

謝罪するしかない自分が、もどかしい。

あと一歩の勇気を出せば、手の届くところに更なる幸せがある。

だけど、うっかり欲を出してその幸せを掴み損ねるより、今の幸せで満足しておくのがいいんじゃないかと考えて、踏み出せなくなっている。

結局、可愛い双子のためにはれっきとした女性が母親になるのがいいとか、この先、テオドールが女性を愛さないとは限らないとか、そういうのは自己保身のための言い訳、臆病《おくびょう》な自分に対する建前《たてまえ》に過ぎない。

それに気づくと、ますます自信なんか持てなくて……。

せめて、彼の前で溜め息をつくのは、もうやめよう。

そう思うのに、気が付けばまたひとつ、小さな溜め息が唇から漏れていた。


そばにある温《ぬく》もりにすり寄って、とくんとくんと響く心地よい音に身を委《ゆだ》ねる。

頬に何かが触れた気がして「んっ……」と漏らしたのは僕で、その自分の声に、ああテオドールの帰りを待つ間に眠ってしまったんだと思い出して、だけどまだ僕は半ば眠りを引きずった夢現《ゆめうつつ》の状態で……。

そこがソファではなく誰かの腕の中だと気付いたのは、離れようとする温もりの気配に目が覚めたからだった。

薄暗い部屋に目が慣れると、窓から差し込む街灯《がいとう》の明かりで、ここが自分の部屋だというのがわかる。

「あ……、僕、寝てた？」

ベッドと僕の間に、まだ腕がある。

ネクタイを外して襟元《えりもと》を緩めているけれど、まだスーツ姿のままのテオドールはが「起こしてしまったか」とほんのり微笑んだ。

「リビングから運んでくれたんだ？　重かっただろう？」

「今夜は遅くなるから、先に休んでいていいと言ったのに、待っていてくれたんだな」

「うん。でも、テレビを見ているうちに、寝ちゃったみたいで……」

妻になってくれと言われてから、十日。

ふたりきりになるのは少し気まずくて、なるべく避けるようにしている。

でも今夜みたいに、テオドールの帰りが深夜になる日は、眠らずに待っていたい。

矛盾《むじゅん》しているのは僕自身の中にある迷いのせいで、とどのつまり、原因は返事を待ってもらっていることにある。

「疲れているのにごめん、テオドール」

「暴れる双子を一度に両腕で抱えるよりは、ずっと楽だ」

苦笑混じりの彼の息が、僕の頬を軽く撫でる。

テオドールと僕の間に、ほとんど距離がない。

密着した状態に胸がドキッとして、慌てた僕は、「は、離して」と咄嗟《とっさ》に身を捩《よじ》る。

「ああ、そうだな。すまない、優吾」

「ううん、僕のほうこそ。ここまで運んでくれたのに……」

僕の身体の下から腕を抜いたテオドールが、部屋の灯りをつけ、スーツのジャケットを脱いで戻ってくる。

彼は、明るくなった室内で上半身を起こして目を瞬かせている僕の隣に腰を降ろした。

「優吾、そろそろ返事を聞かせて欲しい」

「も、もう少し、時間をくれないか？」

「俺は、十日待った。あと、何日待てばいい？」

情熱を湛《たた》えた眼差しから、目を逸らす。

テオドールは彼を見ようとしない僕の手を取り、「教えてくれ」と囁く。

「それは、その、なるべく早く返事をしようとは思っているんだけれど……」

「この間、本当は優吾も俺が好きなのだと言っていたな？　まだ覚悟が決まらないか？」

頷きたい気持ちを抑えて、考える。

返事を先延ばしにしたいのは今も同じだけれど、この十日間、何も進展していない。どうすれば自分に自信がつくのかわからなくて、結局、棚上げしているだけだ。

「脈が速いな。それに、顔も赤い。……優吾、俺にこうされるのは、いやか？」

何を、と尋ねる前にテオドールの指が僕の顎を軽く持ち上げる。

近づいてくる唇に思わず目を伏せ、シーツを掴む。

「それは、いやがっていない顔だな」

「えっ、あ……」

一度開いた目を、慌てて瞑る。

唇と唇が、優しく重なる。

心の奥にある不安がふわりと緩み、軽くなる。

——どうしよう。テオドールと、キスしちゃった。

僕の唇が、離れていく彼の唇を惜《お》しんでいる。

初対面で縛られて脱がされて、下肢《かし》を弄《いじ》られてイキそうになったけれど、それよりも今のほうがもっとずっと恥ずかしくて、テオドールがどんな顔をしているのか気になってたまらないのに、僕自身がどういう顔をすればいいのかわからなくて目を開けられない。

「優吾……俺の妻になってくれないか？」

テオドールが、返事を求めている。

もう、先送りにはできない……そう思った瞬間、僕は反射的に頷いていた。

――まだ不安だし迷いはあるけど、やっぱり僕はテオドールが好きなんだ。

自信がない。覚悟が決まらない。

流されている。雰囲気に呑まれている。

その自覚はあるけれど、この十日、どんなにノーの返事の方向で考えても、彼への気持ちは動かなかった。

「テオドール、本当に僕で……」

いいのかと聞こうとした僕の耳が、アンドレの泣き声を捉える。

すぐにニコルの泣き声も聞こえてきて、僕たちは急いで子供部屋へ駆けつけた。

「アンドレもニコルも、どうしたんだ？　怖い夢でも見たのか？」

飛び込んだ子供部屋の灯《あか》りをつけながら、テオドールが声をかける。

双子はベッドに座って泣いていて、僕たちを見るなりこちらに向かって両手をのばす。

「やぁーっ……、ひっく、ひっく……みたぁ、こわいのがきたーっ」

「ゆめぇー、いやぁーっ。ママがぁ、ユーゴが白くておっきいのにつれてかれたのーっ」

わあわあと泣いている双子を、僕とテオドールでそれぞれに抱き締める。

内容は微妙に違うらしいけれど、揃って怖い夢を見たようだ。

抱きしめつつ声をかけてあやしてやると、少しずつ様子が落ち着いてくる。

毎晩ではないものの、このところ双子は頻繁《ひんぱん》に怖い夢を見ていて、泣くのがおさまってくるとテオドールと僕の両方に手を握ってもらいたがる。

涙がおさまっても不安いっぱいの顔をしている双子をベッドに寝かせると、いつものように握ってくれと言わんばかりに手をのばす。

それを僕とテオドールで片方ずつ握ってやって、もう大丈夫だよと何度も繰り返し言い聞かせて、ようやく寝息を立て始めるのを見てホッとして……同時に、この可愛くもやんちゃな双子とテオドールのいない場所へは行くつもりがない自分に気付く。

「あの、さっきの話なんだけれど……」

そぉっと双子から離れてドアを閉じ、廊下に出てから話を切り出す。

妻にと言われて、さっきすでに一度頷いている。

だけど、最後にもう一度ちゃんと確認しておきたい。

「正真正銘《しょうしんしょうめい》の男の僕だけど、それでも本当にニコルとアンドレのママに、テオドールの奥さんになれるかな？　テオドールが本気で、僕でいいって言うなら……」

彼の腕が、僕をふわりと包み込む。

「他の誰でもなく、優吾がいいんだ」

お前が欲しい……そう囁いたテオドールが、身体を離して首元を探る。

緩められたワイシャツから引っ張り出したプラチナのチェーンの留め具を外し、ぶらさがっていたふたつのリングのひとつを、僕の右の手のひらにそっと乗せた。

もうひとつのリングが彼の手によって僕の左薬指に嵌《は》められる。

「あ……。テオドール、これ……」

「よかった、ぴったりだな」

カモフラージュのために外に出る時には嵌めるようにしていた結婚指輪とは、デザインも太さもちょっと違う。

今、僕の指に嵌められた指輪にはウェーブが入っていて、メビウスの輪のように切れることなくつながっている。

「これ、サイズを直したんじゃないんだね」

「ああ。カモフラージュ用に優吾に嵌めてもらっていた結婚指輪は、亡くなった妻と結婚した時に作った俺用のリングだからな。これは、新たにつくらせたものだ」

「えっ、そうだったの？ ……ごめん、そんな大事なものだったなんて知らなかったから、僕、玄関に置きっぱなしにしてた」

そもそも、本物の結婚指輪だと思っていなかった。

もっと大事に扱うべきだったと後悔する僕に、「いや、いいんだ」と彼が微笑む。

「ひとつだけになった結婚指輪は、嵌める気にもならないからな」

「ひとつだけ？ 奥さんの分は？」

「持って行きたいというのが彼女の遺言《ゆいごん》で、な。棺《ひつぎ》の中に納めてある」

彼女……今はこの世にいない、テオドールの奥さん。

すでに物言えぬ彼女は、新たな妻として僕を認めてくれるだろうか？

「あの、テオドール……。僕なんかが新しい指輪を受け取ったら、双子を生んでくれた奥さんに怒られないかな？」

「大丈夫だ。怒るどころか、きっと喜んでくれているさ。何しろ、自分が死んだあと、もう女性の妻や恋人は作らないでくれ、女を好きになるのは自分を最後にしてくれと言っていたくらいだからな。幸いにも、俺が好きになったのは優吾で、男だった。しかも優吾は、双子も愛してくれている。彼女にとっては、充分満足できる結果だろう」

――本当に満足してくれているなら、いいんだけれど。

僕の中で、不安がすぐに頭を擡《もた》げそうになる。

「優吾、俺の指にも嵌めてくれ」

「あっ、うん、ごめん」

彼の左手を取り、慎重にリングを通す。

薬指から手を離した僕を、テオドールが抱き寄せる。

顎先に指がかかり、唇が近づいてくる。

今日二度目のキスは、最初よりも長く深くて、それだけで僕はもうどうにかなってしまいそうだった。

じわじわと、テオドールとの関係が深まっていく。

新しい指輪をもらって、半月。

「優吾、こっちにおいで」

一人掛けのソファに座っていた僕を、湯上りのテオドールが二人掛けのほうから手招きしている。

彼の隣に腰を降ろした僕の肩をテオドールは早速抱き寄せ、太腿の上に手を乗せた。

少し迷って手を重ねると、こめかみにキスが落とされる。

——やっぱり、まだドキドキするな。

キスのたびに緊張するのは、僕が恋愛慣れしていないせいなのか、それともこういうものなのか。

目を閉じて、ゆっくりと唇に近づいてくるキスを待つ。

耳の下あたりを唇に撫でられて、皮膚《ひふ》の下に甘い痺《しび》れがぞくりと走る。

唇を舌でちろりと舐められ、半ば反射的に薄く開く。

隙間を割って侵入した舌が僕の舌をなぞり、絡め取る。

パジャマの上から着た薄手のセーターの中に潜り込んだ彼の右手は、僕の薄い胸を這《は》い、左の小さな粒《つぶ》を何度も優しく引っ掻いた。

きゅっと胸が軽く引き攣《つ》れる感じがして、羞恥に頬が熱くなる。

硬く尖った粒の周囲で円を描いた指先が、ぐにっとそれを押し潰す。

「ふぅっ……、んっ……」

唇の隙間から漏れた声はいやらしく上擦《うわず》っていて、耳を塞いでしまいたくなる。

だけど、テオドールはもっと聞かせろと言わんばかりに僕の弱いところを弄《いじ》り、切れ切れに声をあげさせる。

「……やっ、……ん、んっ！」

――ああ、どうしよう。僕、もう熱くなってる。

どんなに鎮まれと思っても言うことを聞いてくれない……僕の身体の最も恥ずかしい部分が、淫《みだ》らな形に浮きあがる。

声でその状態がわかるのか、テオドールは僕の状態を察知して唇を離すと、ソファから降りて膝をつき、脚の間に陣取った。

セーターとパジャマをめくって僕自身に持たせた彼は、指で弄っていた左胸の突起に吸いつき、右手を僕のそこに重ねる。

「やっ……！」

パジャマのズボン越しにやんわりと擦る手の下で、僕のものは硬度を増し、より恥ずかしい形へと変化していく。

――今日は、ここから先に進む……のかな。

思わずリビングのドアに目をやる。

いつも、どこかで必ず邪魔が入ってしまい、なかなかここから先に進まない。

テオドールといいムードにはなっても、ふたりきりの家じゃないからしょうがない。

双子が寝鎮まったあとで、そういう雰囲気になっても、まだ例の一件を多少引きずっているらしい双子は怖い夢を見て泣きだすことがある。

ひとりが起き出すと、連鎖的にもうひとりも起きてしまうのはよくあることで、そうなるとまた寝かしつけなくちゃいけないから、テオドールと僕の関係は、なかなか簡単には進展しなくて……。

どうやら考えていることはテオドールも一緒のようで、ドアからお互いへ視線を戻した僕たちは、顔を見合わせ苦笑した。

進めると決めたらしい彼の手は、邪魔な布地を引き下げて僕のそこを露出させる。

直接触られるのは、これで三度目。

初対面のボディーチェックが最初で、『いたいのいたいの、とんでけー』の時が二度目、今日がやっと三度目だけど、そういう意味ではこれが初めてだ。

僕のものを手のひらで包み込んで、ゆるゆるとこすり始める。

同時に左胸に顔を伏せ、小さな粒を舌で転がす。

セーターとパジャマを持たされた僕の手に力が入り、「ぁ……」と淡い声が漏れる。

快感に身体がビクビクと震え、そこをこする手の動きが滑らかさを増す。

先端に滲むものを塗り広げながら胸にちゅくっと吸いつかれて、テオドールの身体を挟む僕の膝に力が入る。

「……ゃっ、そ、そこっ……んっ」

耳を覆いたくなる声が、僕の唇から零れた。

やめて欲しくて言ったのか、そこが気持ちいいことを伝えたいのか、自分でも正直よくわからない。

「ぁ、ぁっ……、……ふ、ぁっ」

扱く手の緩やかさが、じれったい。

何もされていない右胸の小さな粒は、こっちもして欲しいと言いたげにぷっちりと勃《た》ちあがってしまっている。

「や……、ぁ、んっ……、テオドール、もっと……、……ぇ、ぁ、あっ！」

快楽を求めようとして、慌ててテオドールの肩を押す。

ダイニングのドアに嵌っているガラスの向こうに、小さな影が見えている。

テオドールの唇が僕の胸から離れ、自分でめくりあげていたパジャマとセーターを引き下げた直後、ドアが開いてアンドレが眠そうに目をこすりつつ姿を現した。

「パパぁ、ママぁ、……おしっこー」

右手で股間を抑えて尿意を訴えながら、アンドレが近づいてくる。

慌ててパジャマのズボンを引き上げようとした僕は、まだそこにあったテオドールの手を指で軽く二回叩いた。

まだ幼いアンドレには、僕たちが何をしていたのかわからないかもしれないけれど、幼いならなおのこと、こんな姿は見せられない。

「テオドール。まずいよ、手を……」

そっと溜め息をついたテオドールが、僕のものを素早く二度扱《しご》く。

「あっ！　ちょっと、も……っ！」

——だ、だめだってば、そんなことしたらっ。

緩やかな刺激しか与えられていなかったそこは、嬉しげにビクビクと震える。

僕を見て微笑んだテオドールは、たらりと先走りを零《こぼ》したものから名残惜しそうに手を離し、「今夜はここまでのようだな」と頬に軽いキスを落とす。

「アンドレ、トイレにはパパが一緒に行ってやろう」

もじもじしているアンドレにそう言って、テオドールが立ち上がる。

僕は急いで股間のものを仕舞い込み、ズボンの前の突っ張りをセーターの裾で隠した。

「優吾に、おやすみなさいの、ちゅー？」

「そうだ。優吾はもう眠いようだから、トイレが済んだらパパと一緒に部屋に戻ろうな」

行くぅと答えたアンドレと手を繋《つな》いで、テオドールがリビングを出ていく。

ふたりの姿がトイレに消えるのを待ってから、僕はそそくさと自室に引っ込んで……。

放置しても鎮まりそうにない熱をひとり持て余し、声を殺して宥《なだ》めたのだった。

——早いなぁ。もう、家出をして四カ月か。

夏の暑さと蝉《せみ》の声を、遠い昔のことのように感じてしまう。

世間ではクリスマス商戦が佳境《かきょう》で、今日も朝から双子は指折り数えてイブの夜を心待ちにしている。

「ニコル、アンドレ。今日もいい子にしているんだぞ？」

普段なら休日の土曜のテオドールだけれど、今日は休日出勤だ。

いつもよりゆっくりと朝を過ごしてから出かける父親に、双子が「はぁい」と声を揃えて返事をする。

ふたりの息子の頬に「いってきます」とキスを落としたテオドールは、最後に僕を抱き寄せた。

家の建つ位置的に丹澤家以外からは見えにくいといっても、玄関先だ。

近所の誰かが外に出てきたらって思うけれど、丹澤さんは僕たちがそうなる前から勘違いしてくれているし、他のご近所さんは僕を女性で妻だと信じている。

こういう時はテオドールがフランス人だというのも便利だ。

屋外でハグされ、いってらっしゃいのキスをしても、どうにか言い訳ができてしまう。

「ふたりの時間を愉しみたい。今日は、できるだけ双子を走り回らせておいてくれ」

こっそりと囁いたテオドールに「うん」と頷いて、唇でキスを受ける。

いってらっしゃいと言いながら、僕も離れる前の唇にサッとキスを贈った。

出勤する車を見送る頬が、熱い。

理由は簡単、僕も今日はそうしようと考えていたからで……。

――このところ、天気も悪かったからなぁ。

雨続きのせいで運動量が足りないのか、一旦眠った双子が目を覚ます日が増えている。

双子を寝かしつけ直してからもう一度っていうのは、お互いのタイミングや気分、ムードもあるし、なかなか難しい。

そんなわけで、相変わらず僕たちの関係は進展が遅い。

けれど、同じ家にいてずっと一緒に暮らしているんだし、お互いの気持ちが揺らがなければ、そう焦《あせ》る必要もないと思っていて。

「あのね、公園いきたいの。僕、今日はピクニックがいい！」

突然のニコルの提案に、それもいいかもしれないと考える。

カラリと晴れた冬の青空に雨をもたらしそうな雲はなく、テオドールが出かける前にテレビで流れていた天気予報も、今日は一日晴れるだろうと言っていた。

「アンドレも、ピクニックがいい！　ねー、ユーゴ、すぐ行こう？」

「公園には、あとで行こうね。でも、朝のお仕事が済んでからだよ。それに、ピクニックにするなら、お弁当も用意しないといけないだろう？」

すぐに行きたいと訴えるアンドレと、大きく頷くニコルを「お弁当は、何がいいかな？　ちゃんと用意して行かないと、お腹が減るよ？」と宥《なだ》めて、家に入るよう促す。

だけど、玄関のドアを開けて、ピクニックだとはしゃぐ双子に家事が終わってからだと念を押した時だった。

側道に入ってきた乗用車が、ゆっくりとシュヴァリエ家に近づいてくる。

丹澤さんの家の前で停まった車に何だか嫌な予感がして、僕は急いで双子を玄関の中へと押しやった。

「ユーゴ、どうしたの？」

「しぃっ。ニコル、静かに……」

――あの時の白いバンとは違うけれど、何だか見覚えのある車だなぁ。まさか、あの時の犯人たちじゃないだろうな？

テオドールは、会社のボス同士で話がついたから心配はないと言っていたけれど、拉致《らち》した本人たちは僕を逆恨みしているかもしれない。

不安と緊張にドキドキしながら、双子が外に出ないよう玄関を僕の身体の幅の分だけ開けて、外の様子を窺う。

車内にいるのはひとりだけなのか、助手席に人影はない。

運転席に座っている人物は、僕の位置からだと顔までは確認できないらしい。

ドアから身を乗り出して、どうにか確認できないかと試している僕の脚にニコルとアンドレが寄りかかる。

「お、重いよ、ふたりとも。大丈夫だから、テレビでも見ておいで」

苦笑いしつつ双子に目を向けて、そのうっすらと怯《おび》えの浮かんだ顔にハッとする。

同時に車のドアを開閉する音がして、僕は急いでドアの陰《かげ》に身を隠した。

顔だけそっと外に出して、訪問者の顔を見て息を呑む。

――やっ、大和《やまと》？　どうして大和が丹澤さんの家にっ⁉

ギョッとしている僕の耳が、隣家の玄関チャイムの音を捉える。

「あ、すみません。昨夜お電話した堂島《どうじま》と申しますが……」

どんな用か知らないけれど、少なくとも、僕がシュヴァリエ家にいると大和にバレたんじゃないらしい。

土日が休みのはずなのにスーツ姿で門扉を開けて入っていく大和と、玄関から出てきた丹澤さんが、お互いに初めましてと挨拶を交わしている。

とりあえず、僕の居場所がバレたんじゃないなら、見つかる危険は少しでも減らしたほうがいい。

僕は玄関ドアから手を離して脚で押さえ、急いで「もう家の中に入ろうね」と双子の肩を軽く二度叩いた。

「ママぁっ、あのひと、悪いひとっ⁉　また悪いひとに、むぐぐっ」

突如《とつじょ》として叫んだアンドレの口を、慌てて手のひらで塞ぐ。

どうか聞こえていませんように……祈りながら、恐る恐る丹澤家の玄関先に目を向けた僕を、兄の大和が睨んでいた。

ピクニック中止の要請を、双子は神妙な顔で受け入れた。

僕の不安が伝わってしまっているのか、ひと通り家事を終えてもやっぱり公園に行こうとは言い出さないし、庭にも出ないで家の中だけで遊んでいる。

――大和、僕だとわからなかったのかな。

普段からメガネをかけている兄の大和の顔に、そのメガネがなかった。

そう思うと、睨んでいるように見えたのは、こっちをよく見ようとしていただけの可能性もあるし、僕だとはっきり認識できなかったとも考えられる。

「ニコル、アンドレ、手を洗っておいで。お昼ご飯にしよう」

テーブルに準備した昼食は、手巻き寿司の要領で各自が自分で乗せたり挟んだりして食べるサンドイッチだ。具とサンドイッチ用の食パンを用意しただけの簡単なものだけれど、食べ物に対する自己主張が強くなっている双子は、多分満足してくれるだろう。

——ああ、そうだ。アンドレが僕をママと呼んでいたから、他人の空似《そらに》と思ったかも？

いずれにしても、大和はその場で丹澤さんに、ちょっと急用ができたので出直しますと言って車でどこかへ行ってしまった。

僕に向かって『優吾か？』と尋ねることもしなかったし、丹澤さんに対しても、また改めて連絡すると言っていただけだ。

きっと大和は、僕だとわからなかったんだ。そうに違いない。

だって、あれだけ帰ってこいとうるさく言っていたんだし、僕だと判別できていたなら速攻で引きずって帰ったに違いない。

考えれば考えるほどそう思えて、徐々《じょじょ》に気が楽になってくる。

——ピクニックを中止にしたの、可哀想だったかなぁ。

ほんのりと後悔し始めている僕の元へ「あらってきたのー」「きれいになったー？」と洗面所から戻ってきた双子が駆け寄る。

まだ少し濡れている手をキッチンのタオルで拭《ふ》いてやって、ひとりずつ順番に座らせ、こうやって食べようねとひとつずつ作って渡す。

賑やかな昼食は、自己主張したい年頃らしい双子を満足させたようで、ふたり揃って旺盛《おうせい》な食欲を発揮《はっき》した。

リビングに玄関の呼び鈴が響いたのは、最後の一枚になったハムが双子の間で取り合いになっている時だった。

急いでハムを真ん中から分けて渡し、インターフォンに飛びつく。

「……はいっ、どちら様でしょうかっ」

「すみません、堂島と申しますが」

——やばいっ。この声、大和だ！

咄嗟《とっさ》に自分の口を塞いで、逃げ場はないかとあたりを見回す。

けれど目は泳いでいるだけだし、インターフォンに出てしまった以上は、大和を追い返さなくては隠れることもできない。

「う、うちに何のご用でしょうか？」

「しらばっくれるな。お前、優吾だろう？」

「ひっ……人違いです！　失礼しますっ」

まだ何か言っているのが聞こえるけれど、強引にインターフォンを切ってしまう。

それから、お腹いっぱいの双子をチャイルドチェアからおろして、僕ひとり食事の続きに戻ったところで、窓を叩く音に気付いた。

「ん？　……あっ、大和！」

庭に回った大和は朝と同じスーツ姿で、だけど朝に見かけた時には持っていなかった大きなスポーツバッグを持っている。

その中からお菓子を取りだして、大和はガラス越しに双子に振って見せる。

いかにも子供が好きそうな、幼児用アニメのキャラクターが印刷されているオマケつきのお菓子を持った大和に手招《てまね》きされて、双子は歓声をあげながら殺到《さっとう》する。

僕は待てと言う余裕もなく、窓をあけて庭に出た双子を追いかけた。

「ニコル、アンドレ！　だめじゃないか。知らないひとについて行っちゃいけないって、いつも教えているだろう？」

僕には知らない人じゃないけれど、双子にとっては知らない人だ。

双子は僕の言葉に我《われ》に返ったのか、お菓子を受け取ろうとした手を止め、バツの悪そうな顔で振り返った。

神妙な態度で「ごめんなさい」「お菓子、だめ？」と言けれど、双子の手はまだお菓子にのびたままで、僕は苦笑しながらいいよと許可を出す。

今度からはだめだよと釘を刺すものの、「はぁいっ！」と元気に返事をする双子は次に大和がチラつかせたものに興味津々《しんしん》で……。

「これ、だあれ？　かわいいの。僕、すき」

「アンドレもすきっ！　おじさん、この子アンドレのお嫁さんにするっ」

容赦《ようしや》のないアンドレのひと言に、大和の顔が僅《わず》かに引き攣《つ》る。

——まあ、『おじさん』だもんなぁ。ちょっとキツいか。

五歳年上の兄の大和は、次の誕生日が来たら三十になる。

三歳児からすれば立派に『おじさん』の範疇《はんちゆう》でも、二十代最後の今は余計に嬉しくない呼び方なんだろう。

「あーっ、アンドレずるいっ、僕のお嫁さんなの！」

見せられている写真の子が気に入ったのか、今にも双子が取り合いを始めそうだ。

「そうだろう、可愛いだろう？　でもおチビちゃんたち、残念だな。これは、小さい時の優吾の写真だから、お嫁さんにはなれないんだ」

「ええっ、ユーゴなの⁉　かわいいーっ」

「ちぇーっ。アンドレのお嫁さんがよかったのに」

「ユーゴはパパのお嫁さんだもん。しょうがないよ」

双子のやりとりに、しまったと思った時には、もう遅い。

「パ、パパの、……嫁？」

どういうことだと睨む目に、思わずそっぽを向いて、そろりそろりと遠ざかる。

まだ写真に気を取られているのか、双子は自分たちへの質問と思ったらしく、アンドレはウンウンと頷き、ニコルは「僕たちのママなのー」と嬉しそうだ。

「あのねぇ、パパは今お仕事で、ユーゴがツマなの。ツマとママは、いっしょなの」

「それでね、ニコルはお兄ちゃんで、僕がアンドレで、双子の弟なんだよ」

積極的に自分たちのことを紹介する双子に、僕はウーンと小さく呻《うめ》く。

無邪気な双子に罪はない……けど、事態はいよいよややこしくなりそうだ。

「ふ、ふぅん、そうなのか。俺は優吾のお兄さんなんだよ。優吾に、大事な話があって来たんだけれど、家で話してもいいかい？」

いいよーという返事をもらった大和が、靴を脱いで窓から中に入ってくる。

——だめだと言いたいけれど、無駄《むだ》だろうなぁ。

今ここで追い返しても、もう居場所がバレてしまっている。

朝、丹澤家へ来ているのを見た時には、何も言わずに帰ったから、すっかり楽観視していたんだけれど……まさか、双子を釣るためのお菓子と僕の小さい頃の写真を持って出直してくるなんて、髪の先ほども予想できなかった。

「それで？　大和、話って？」

「改めて話すまでもないだろう？　それにしても、今日ここで見つけられるとは、な」

そう言うと、大和はテーブルの上の余っているパンに具を乗せて口に運んだ。

仕方なくポットに残っていたコーヒーをマグカップにいれて出してやった僕を、物言いたげな目で見上げる。

「お前を自力で捜そうとしたんだが、どうにも手詰まりで。以前、探偵を雇って迷い猫探しをしてもらった知人がいたから、そいつに頼んで探偵にアポを取ってもらったんだ」

マグカップ片手にソファへ移動した大和に、興味津々の双子がまとわりつく。

双子は、オマケつきのお菓子よりも、今は大和と僕を見比べるほうが楽しいようで、「お鼻が似てるねぇ」「ちがうよ、似てるのは目だよ」と何故《なぜ》か声を潜めて言い合っている。

二人掛け用のソファに腰掛けた大和の足元に双子がぺたりと座るのを見て、僕も溜め息混じりにソファへ向かう。熱々のコーヒーが入ったカップを手にしている大和は、足元に予測のつかない行動をする双子がいる危険性なんて、きっと考えもしないだろう。

「しかし、探偵に探し人の依頼をする前に、当のお前が見つかるとは、な。……にしても、おい、優吾。これはどういうことだ?」

「お、お世話になっているだけだよ」

「けど、この子たちはお前のことを、妻だのママだのと言っていたじゃないか」

顔を顰《しか》めた大和が、双子と僕を見比べる。

正直に話したいけれど、大和が僕たちの関係を理解し受け入れてくれるとは思えない。

「それは、その……、ここに居候《いそうろう》させてもらうかわりに、双子の面倒を僕が見ているからだよ。父子家庭だから、ベビーシッターがいないと仕事に差し障《さわ》りが出るんだ」

頼むから、これで納得して欲しい……けど、そんなに都合よくいくはずがなく。

まったく信用していない目で僕を見ていた大和は、ニコルとアンドレに視線を移すと、指で僕を指して双子に「赤の他人？　それとも、ママ？」と尋ねた。

赤の他人というのが理解できなかったらしい双子が、「赤ちゃんちがうよー、おじさん、おもしろーい」「ユーゴ、僕たちの新しいママなのー」と笑う。

「……だ、そうだ。優吾、子供は素直でいいな」

しまったと後悔するけれど、仕方ない。

テオドールとの関係が変化する前、カモフラージュのためだけだった時から、僕のことを聞かれたらママだと言うように彼とふたりで教えてきた。

それが裏目に出る日がくるなんて、思ってもいなかった。

「大和、僕がどこにいるのか丹澤さんに調査してもらうつもりだったんだろう？　だったら、もう目的は果たしたんだから、おとなしく帰ってくれよ」

ふくれっ面で促すと、予想に反して大和は「ああ、そうだな」と大きなスポーツバッグに手をかけ、素直にソファから腰をあげる。

僕の事情を知らない双子は、「えーっ」「もうバイバイするの？」と残念そうに嘆《なげ》く。

「じゃあ帰ろうか、優吾。お前の荷物は、どこだ？」

「えっ？　僕は帰らないよ。ここにいる」

「俺は家に連れて帰る目的でお前を捜していたんだ。優吾が家に帰らないというなら、俺も帰らないぞ」

手にしたバッグをセンターテーブルの上にドサリと置いた大和が、胸の前で腕を組んで僕を見つめる。

強い意志の宿った目に僕がたじろぐ僕の視界の隅で、双子がバッグに手をかけた。

「うわぁ。おじさん、お洋服いっぱいだね！」

「ねーねー、おじさん。お泊りするの？　一緒にお風呂はいる？」

双子が勝手に開けたバッグの中から、次々に荷物を取りだし、はしゃぐ。

何日分なのかわからない量の、シャツに下着にタオルにハンカチ、歯磨きセットに本が数冊とノートPC、果《は》てては目覚まし時計までバッグから出てくる。

大量の荷物に、大和の断固《だんこ》たる意志がくっきりと見える気がする。

「うそだろ、大和……」

信じられない。というより、信じたくない。

思わず呻いた僕に、大和は「本気だ」と至極《しごく》あっさりトドメを刺した。

招《まね》かれざる客の来訪《らいほう》をテオドールに連絡すべきかどうか迷った僕は、結局、連絡することができず、帰宅したテオドールは見知らぬ男が居座《いすわ》っているのを見て唖然《あぜん》とした。

僕がキッチンでこっそり事情を説明していると、双子をまとわりつかせたままの大和がやってきて、「お邪魔しています」としらじらしく挨拶をする。

「うちの愚弟《ぐてい》が長らくお世話になっているそうで、大変申し訳ございません」

――うわぁ、大和のやつ、仕事モードだ。

にこやかな笑みを顔に貼りつけた大和が、人当たりよさそうに頭を下げる。

だけど、メガネの奥で目が笑っていない。

テオドールもすぐに気付いたようで「優吾にお世話になっているのは、こちらのほうです」と言いつつ、さりげなく僕の肩を抱き寄せた。

「ニコル、アンドレ。さあ、二階にあがろう。もう寝る時間だぞ」

「やーっ。もっとお話きくのー。おじさん、お話してー」

「アンドレも、昔のユーゴのお話、もっと聞きたいーっ」

僕との小さい頃の思い出話を、大和はねだられるままに語り、すっかり双子に気に入られてしまっている。

これ幸いとばかりに僕は「じゃあ、今夜は大和おじさんに添い寝してもらおうか」と双子を焚《た》きつけて、大和をこの場から追い出した。

「ごめん、テオドール。何度か携帯に連絡しようと思ったんだけど、そのたびに大和に邪魔されちゃって……」

「いや、優吾が謝る必要はない。お前とお前の家族とのことは、俺も気になっていた。予想外に早かっただけで、いずれこんな日がくると覚悟はしていた」

溜め息混じりの言葉に、たまらず「ごめん」と謝罪を繰り返す。

テオドールは、それ以上は何も言わず、僕を静かに抱き締めた。

言葉の代わりに幾《いく》つものキスを唇に降らせ、愛情を真っ直ぐに伝えてくれる。

――どうか、僕を離さないで。

キスしてくれるテオドールに言いたいのか、それとも兄の大和に言いたいのか……きっと僕はふたりに言いたいんだろう。

だけど、唇を重ねるだけのキスから舌を絡ませ合うキスへと変わった頃、スリッパで階段を降りてくる大和の足音がキッチンまで響いてくる。

チラリと目をやると、リビングのドアが開いたままだ。

近づく足音に、テオドールが僕の身体を離そうとする。

引き離されたくないという意思を込めて、僕は自分から彼に口づけ、大和が姿を現す直前、ギリギリになってやっと唇を離した。

戻ってきた大和の視線が、すぐに僕の濡れた唇に突き刺さる。

何をしていたのか気付いている顔で、大和はわざとらしい咳払いをして、「可愛いお子さんたちですね」と双子を褒《ほ》めた。

「それにしても、突然押しかけて申し訳ありませんでした。それに、遅くまでお邪魔してしまって。弟が今日までお世話になったお礼は、また改めてさせていただきます」

連れて帰ると匂わせる大和が、僕に向かって手を差し伸べる。

さあ帰るぞ、こっちに来い……そう告げている大和の手に、僕はいやだと首を振る。

「いえ。先ほども申し上げた通り、お世話になっているのは俺たちのほうです。何しろ、フランスから日本へ引っ越して来たばかりの状態で運よく弟さんと出会えました」

僕を抱き締めたままの格好で、テオドールが微笑む。

大和はそんな僕たちを見て顔をあからさまに顰《しか》めると、つかつかと歩み寄って、僕の肩をグイッと引っ張る。

「こちらこそ運が良かったようです。お恥ずかしながら、弟の優吾は父親とケンカをして家を飛び出してしまって。こちらでお子さんの相手をさせていただいていたなら、少しは親心というものも理解できたでしょう」

肩を掴んでいる大和の手に力が入り、反射的に眉を潜《ひそ》める。

それを見て、テオドールは僕の肩を掴む大和の手に自分の手を重ねた。

密着する僕たちを離れさせようとする大和の手が、テオドールの手に押し返される。

「……言葉には出しませんが父親も心配していますし、うちに連れて帰ります」

あなたも子を持つ父ならわかるでしょう……大和の目はそう言いたげだ。

だけど、テオドールは負けずに大和を見返している。

「ご家族が心配なさるのもわかります。ですが、急にいなくなられるのは困ります。子供たちが懐《なつ》いているというのもありますが、親子三人の面倒をみてもらっているもので」

「愚弟がお役に立っているなら光栄ですが、おとなのあなたは、自分の面倒は自分でみられるはず。お子さんには、あなたという立派な親御《おやご》さんもいらっしゃるじゃないですか」

「確かにそうです。でも、子供たちの分も含めた引っ越しの片づけもそこそこにして、俺が仕事に取り掛かれたのは、あなたの弟さんのおかげですから。今だって、優吾がいなければ俺は安心して仕事に出かけられません」

僕を挟んで、テオドールと大和が舌戦《ぜっせん》を繰り広げる。

テオドールが僕の必要性を強調してくれるけれど、大和には折れる気配がない。

泊り込む準備までしてきたのは、どうやら単なるポーズじゃないらしい。

「幸いにも、うちは市内です。ここなら充分に自宅から通える距離です。優吾がこちらでお役に立っているなら、自宅から通わせせましょう」

――大和のやつ、それこそ市内でいつでも来られるんだし、居場所だってわかったんだから、改めて出直して来ればいいのに。

僕の兄だからなのか、それともオマケつきのお菓子に釣られたのか、ニコルも初対面からあまり警戒することなく懐いている。

思い出話は当分ネタ切れにならないだろうし、僕を連れて帰ろうとさえしないなら、双子の相手をしがてら来てくれても構わないのだけれど……。

「第一、赤の他人の優吾がいると、家族水入らずの団欒《だんらん》が難しいのでは？」

「うちの子たちはまだ小さいので、今のように住み込みの二十四時間体制でついていてもらえるほうが有難《ありがた》いんですよ。それに、優吾は、もう俺たちにとって家族ですから」

テオドールの『家族』という言葉に、大和がムスッと押し黙る。

引き上げる気になってくれたかと、半ばホッとしてテオドールと僕は顔を見合わせた。

「……だからと言って、優吾を、『ママ』だの『妻』だのと幼いお子さんたちに教えるのは、いかがなものかと思いますが？」

しばらく無言だった大和の口から出た言葉に、ギクリとする。

テオドールは、どう説明するつもりなのか。

それとも、正直に話すなり誤魔化すなり、僕が答えたほうがいいのか。

迷う僕の耳を、フッと笑ったテオドールの息が軽くくすぐる。

「事実を、事実として教えているまでのこと」

「ちょっと待て！　優吾は、こう見えてもれっきとした男だぞ⁉」

落ち着いた言葉遣いをかなぐり捨てた大和が、更に詰め寄る。

それでもテオドールは余裕の態度で、「わかっています」と完全にサンドイッチ状態の僕の頬を撫でキスを落とした。

「なっ！　おいっ、俺の弟に何をするっ」

信じられないものを見た……そんな顔で、大和が「やめろっ」と僕たちに向かって右手をのばす。

その手をテオドールはガシッと捕まえて、簡単に捻《ひね》りあげた。

「痛っ、痛たたたっ、何をするんだ、離せ！」

「何をするのかと聞きたいのは、俺のほうだ。どうして暴力を振るおうとする？」

「男同士でキスなんかするからだろうっ」

悲鳴混じりの声を遠慮なくあげた大和に、僕は思わず「静かにっ、ニコルとアンドレが起きちゃうだろうっ」と文句をつけた。

じろりと大和が僕を睨むけれど、今ここで双子が起きて余計に事態はややこしくなるよりは、ずっとマシだ。

「俺は夫として、妻の優吾を愛している。それを、兄のあなたに理解してもらうためには態度で示すのが一番わかりやすいと思っただけだ」

「ど、どうせ優吾に頼まれて、ホモのふりをしているだけだろう⁉」

急に矛先《ほこさき》がこっちに向けられ、僕は「ええっ？」と大和を見返す。

「いくら家に帰りたくないからって、さんざん世話になっているひとだろう？　なのに、お前は恩人にこんなことまでさせるのか⁉」

——ああ、そうか。大和にとって、それが納得できる理由なのか。

まあ、納得できる理由を探すなら、そんなところだろう。

僕だって、まさか男の僕が、同じく男性で、しかも子持ちのテオドールを好きになるだなんて思ってもみなかったくらいだ。

「おい、勝手に勘違いしないでくれ。優吾には何も頼まれていない」

「だけどっ……ほ、本当に、優吾があなたと、その、どこまでの、どういう関係なのかなんて証明できないよなっ？」

大和の言葉に、ギョッとする。

——証明って、そんなの無理に決まってるじゃないか！

せいぜいキスくらいだ。でも、それはさっき、してみせた。

「証明、ね……。ベッドの中で俺たちがどう愛し合い、優吾がどんなふうに乱れるのかを、詳細に語れということか？」

テオドールの言い方は、まるでもうすべき行為は最後までしてしまったかのようだ。

――本当は、僕たちはまだそこまで進んだ関係じゃないけどね。

今にも卒倒《そっとう》しそうになっている大和に、心の中だけで教える。

「いくらあなたが優吾の兄でも、さすがに見せられないが……」

ふふんと笑ったテオドールが、こめかみを唇でくすぐる。

途端に、下肢へと甘い疼《うず》きが突き抜ける。

大和の前だというのに「ぁ、っ」と淡い声が出てしまう。

「やっ、やめろ優吾っ。そんな変な声を出すんじゃないっ！」

カーッと顔を真っ赤にして、大和が僕を叱《しか》りつける。

僕だって聞かせたいわけじゃないけれど、自然に出ちゃったものはしょうがない。

大和の焦《あせ》りぶりが気に入ったのか、テオドールは更に腕の中の僕の耳を甘噛みする。

「……んっ、……ゃ、っ」

じんわりとした気持ちよさに瞼《まぶた》が降り、堪《こら》えようとしても声が漏れる。

テオドールの腕の中で身体を捩って耳を逃すけれど、追いかけてきた彼に、耳朶《じだ》の付け根をそろりと舐められると、喉と唇がヒクリと震えて……。

「これでも、まだ信じないか？　優吾のこの顔が、演技だとでも？」

――まずい、ちょっとの間とはいえ大和の存在を忘れていた！

慌てて目を開けて、大和の表情を確認する。

大和は言葉に詰まっている顔で、唇をへの字に引き結んでいた。

「せっかくの荷物だ。今夜は優吾の部屋に泊まっていくといい」

「でもテオドール、迷惑じゃない？」

「ショックを受けているようだからな。市内とはいえ、このまま車で帰して事故にでも合うと寝覚めが悪い」

「そう、だね。……うん、じゃあ僕は、リビングのソファで寝るよ」

「何を言うんだ。優吾、お前は俺の妻なんだぞ。何も恥ずかしがる必要はない。いつものように、俺のベッドで一緒に眠ろう。今夜も、たっぷり可愛がってやる」

――こ、今夜『も』って。それ、大和に変な勘違いされそうなんだけど！

恐る恐る大和の様子を窺うと、絶句・唖然・放心状態のトリプルエラーで思考力は完全停止、魂が抜けてしまったのかと聞きたくなる有様《ありさま》だ。

ひょっとしてテオドールは、わざとそう思わせるために言ったのだろうか？

それとも、まさか本当にそのつもりで……？

「あの、テオドール？」

「ん？　どうした、優吾？」

「……う、ううん、何でもないよ。うん」

確信犯の顔で大和を見ているテオドールに、有言実行しそうな素振りは見えない。

ホッと安堵の息をついた僕の耳を、テオドールが唇で弄《もてあそ》ぶ。

こっちを見ていない大和には、もう見せつける必要はないのに……そう思いながら見上げた僕に、テオドールは「可愛がって欲しそうだな」と意地悪く囁いた。


隣の部屋で、大和が寝ている。

親と一緒に暮らしていた時は、それが当たり前だった。

なのに、それが僕をこんなに落ち着かない気分にさせている。

今、大和が眠っているのは僕の部屋で、僕がいるのはテオドールの部屋だから、落ち着かない気分になるのも当然といえば当然なのかもしれない。

「優吾、何をウロウロしている。早く、いつものようにベッドにおいで」

いつもじゃないよと思いつつも、素直に「うん」と頷いて、テオドールの元へ行く。

すでにベッドの中に入っている彼は、僕のためにスペースをあけてくれている。

ドキドキしながらテオドールの隣に横たわり、間近からの視線を避けて背を向ける。

けれど、僅かな身動きで起こる振動すらベッドは僕に伝えてくる。

表情が見えない分だけ余計に心拍数があがりそうで、ええいとばかりに寝返りを打つ。

「どうした。落ち着かないか？」

「うん。あの、さ……大和のやつ、聞き耳を立てていると思う？」

声を潜めて尋ねた僕に、苦笑を浮かべて「さあ、どうだろうな」と彼が答える。

——あんなこと言われたら、余計に気になりそうだけど。

ようやく茫然自失《ぼうぜんじしつ》状態から戻ってきた大和は、僕の部屋へと連れて行かれたあと、再び撃沈してしまった。

それはテオドールが「優吾の部屋のベッドは、念の為に置いてあるだけだ」と取り繕《つくろ》ったあとに、「俺たちが隣室で何をしていたとしても、聞き耳を立てるのはマナー違反だぞ」なんて言ったせいだ。

再びショックの谷底へ突き落された大和も、隣の部屋で今日は落ち着かない夜を過ごしているのかもしれない。

「明日、おとなしく帰ってくれたらいいんだけどな」

「あの荷物だぞ。あっさり帰ると思うか？」

「……やっぱり、今日のうちに追い返したほうがよかったかも」

はぁっと溜め息をついた僕を、テオドールが「そうでもないぞ」と抱き寄せる。

「優吾の兄がここに居座っている間が、チャンスかもしれないからな」

「チャンス？　……何の？」

「優吾と面差しが似ているせいか、子供たちが懐くのも早いようだからな。添い寝や夜中のトイレにお前の兄が付き合ってくれるなら、優吾と愛し合える時間が増える」

「愛し合うって、それ……、あの……」

パジャマ越しに聞こえてくる彼の心拍数は穏やかで、僕ひとりドキドキしている。

言いようのない恥ずかしさに熱くなった頬に、テオドールは唇を押し当てた。

途端に、僕の身体は自分でも驚くほど大きくビクッと震えてしまった。

「安心しろ。今夜は、何もしない。ただ、こうしているだけだ」

苦笑をかすかに交えた囁きが、僕の耳に落とされる。

だけど、耳にかかる息がくすぐったくて、僕の身体はビクビクと勝手に跳ねる。

「そう硬くなるな。もっとリラックスしろ」

「僕もリラックスしたいんだけど、うまくいかなくて」

えへへと笑って誤魔化した僕の背中を、テオドールの手が撫でる。

子供たちを撫でる時のような手つきだというのに、それでも僕の緊張した身体はビクッとオーバーに震える。

「優吾……？」

ひそやかな声に呼ばれて、「な、何？」と聞き返す。

「こうしているだけだ、安心しろと言っただろう？」

「う、うん。わかっているんだけど……」

「前言撤回。……したほうがいいか？」

からかう声に、僅かな本気が滲《にじ》んでいる。

――やばい、テオドールが本気になる！

背中を撫でる手が、今にも腰へと降りてこようとしている。

慌てて「よくないっ、おやすみ！」と目を閉じた僕の瞼に、テオドールの優しいキスが、ふたつ、そっと降りてきた。


「ただいま。ニコル、アンドレ、今日もいい子にしていたか？」

帰宅した直後のテオドールが、双子を抱き上げて頬にキスを受ける。

双子を降ろした彼の腕は、ごく自然に僕の腰を抱き寄せた。

「おかえり、テオドール」

いつものように、僕から唇に軽いキスをして、テオドールがただいまのキスを返す。

なるべく、いつも通りに過ごそう。

大和がいるからといって、僕たちの日常を壊す必要はない。

……そう言ったのは、確かに僕自身だけれど、実の兄の目の前でおかえりなさいのキスをするのは、どうしても、ちょっときまりが悪い。

土曜の夜に一泊しただけで帰ってくれるのが僕の望みだったけれど、木曜の夜になっても大和はシュヴァリエ家に居座っている。

それでも、平日の昼間は大和だって仕事がある。おかげで、多少は僕も息抜きができるというもので……大和が、うっかり失業中じゃなくて本当によかった。

これが仮に日中もずっと一緒で、延々と連れて帰るための説得をされていたら、さすがに僕も辟易《へきえき》していただろう。

当の大和は毎日ここへ帰宅している自分を、果《は》たしてどう思っているのか。すっかり双子に懐かれているし、今では『おじさん』と呼ばれても満更《まんざら》じゃなさそうだ。

「おじさんーっ、もういっかーいっ」

「じゃあ今度は違うタイプにしよう。大和おじさんの真似をしてアンドレも折ろうな」

「僕もーっ。ヤマトおじさん、僕も、ひこうき折るのー」

「ニコル、そこはピーンとさせるんだぞ。……そうそう、つんつんのピーン、だ」

英字と記号と数字の羅列《られつ》が両面に印刷されているB４くらいの大きさの紙を、三人で仲良く折り始める。

会社で用済みになった紙をお土産と称してドサッと持ち帰った大和は、帰ってくるなり紙飛行機を折って飛ばして双子を楽しませている。何のデータがプリントアウトされているのか知らないけれど、心配を口にした僕に大和は単なる裏紙だと答えた。だから、特に重要なことは書いていないんだろうけど、ねだられるまま折ったり飛ばしたりしているせいで、大和はまだ帰宅時そのままのスーツ姿だ。

「……まるで紙飛行機製造工場だな」

リビングでテオドールが苦笑するのも、無理はない。

三人で折った紙飛行機が、リビングの至《いた》るところに散乱している。

「テオドール。何だか大和にとって、家出中の僕を連れて帰るっていう目的が、どうでもよくなってきているような気がするよ」

「連れ帰るつもりがなくなったなら、いいことじゃないか」

諦めてくれたなら、もちろん僕も嬉しい。

だけど、僕が危惧《きぐ》しているのは、そこじゃなくて。

「それはそうだけどさ。……大和が、目的に関係なくこの家に居座り続けるかもしれないと思うと、ちょっとね」

「優吾と俺の仲を認めてくれるなら、いくらでも泊まっていけばいいさ」

迷惑そうな素振りひとつ見せず、テオドールが笑顔で答える。

——認めてくれるなら、僕だって、それが一番嬉しいけどね。

可愛くもやんちゃな双子が、大和の心を和《やわ》らげてくれるなら……。

「ふたりとも、大和は仕事で疲れているだろうから、そろそろ解放してあげなさい」

父親の言葉にアンドレは「えーっ」と不満を露《あら》わにし、ニコルは渋々《しぶしぶ》の声で「はぁい」と項垂《うなだ》れる。

でも一番落胆しているのは、スーツを脱ぐ暇《ひま》もなく遊び相手になっていた大和だ。

俺は別に構わないんだけれど、とでも言いたそうな顔で折りかけの紙飛行機から手を離し、まだ遊びたいらしい双子を「またあとで、な」と宥《なだ》めている。

「それにお前たち、お風呂はどうした？　入らないのか？」

ニコルとアンドレが「入るぅっ」と、最近何故かするようになった両腕をバンザイの格好にあげる『脱がせてくれ』のポーズを取る。

普段、双子の入浴には、テオドールと僕のどちらかが一緒だ。

――昨日テオドールが一緒に入ったから、今日は僕かな。

別に順番が決まっているわけではないけれど、そう思いながら双子の服を脱がせようとした僕の前に「……あのさ、優吾」と大和が躊躇《ためら》いがちに立ちはだかった。

「今日は俺が双子の風呂に付き合おうかと……」

大和がちらりと双子を見る。

先に脱がせるつもりで服に手をかけているアンドレが、「やったぁ！」と声をあげる。

ニコルも、僕の脚に抱きついて「おじさんとはいるぅーっ」とテンションをあげている。

「ほら、双子もずっとこう言ってるし。それに、こうして泊めてもらっているんだから、たまには俺も子供たちの面倒を見たほうがいいかなって」

「遊び相手になってくれているだけで充分だよ。それにこの子たち、お風呂でも結構騒ぐんだ。大和、静かにのんびり入りたいだろう？」

僕と大和の会話を聞いていた双子が、「今日はヤマトおじさんとお風呂っ」とはしゃぎ始める。

「たっ、たまには、賑《にぎ》やかでも平気だ。濡れたタイルで転んだりしないように、しっかりと気を付ければいいんだろう？　それから、しっかり温《ぬく》もらせて……」

注意事項を自《みずか》らあげていく大和に、嬉しそうに双子がまとわりついている。

——双子と大和の三人だけで、大丈夫かなぁ。

お風呂の中での『うっかり』は、まだ幼い双子には危険が多い。

それが心配で、ニコルとアンドレが大和とお風呂に入りたがっているのを知りつつも、今日まで止めてきたのだけれど……。

「よかったな、ニコル、アンドレ。大和おじさんと、お風呂だぞ。おじさんに、お風呂でもたっぷりと遊んでもらいなさい」

テオドールから許可が出るなり、双子が「お風呂っ、お風呂っ」と大和の手を引いてバスルームへ向かってしまう。

「大和ひとりに任せて、大丈夫かな?」

「優吾、お前だって、俺がいない時に双子を入浴させたけれど、どうにかなっただろう?」

指摘されて、思い出す。そういえば、僕が双子をお風呂に入れたのはまだ残暑が厳しくて、シュヴァリエ家の三人は引っ越したばかりの頃で、テオドールが仕事から戻ってくる前に双子が庭の水道栓《せん》を勝手に弄《いじ》ってびしょ濡れになってしまったせいだった。

「そんなことより、優吾。こっちにおいで」

腕を取られて、キッチンに連れて行かれる。

「ああ、うん。今のうちに、夕食の用意だね。鍋野菜セットを買ってあるんだけれど、僕も手伝えるから、今日は何か別のものを……」

右手で冷蔵庫のドアを開けようとした僕を、テオドールが背後から抱きすくめる。

性急にセーターの裾から侵入した左手が、僕の肌をゆるりと撫でた。

「夕食の用意は、後回しだ。どうせ子供たちとお前の兄は、当分の間、バスルームから出てこない。鍋野菜セットがあるなら、尚更だ。……今は、お前を味わいたい」

左胸の小さな粒をカリッと掻かれて、息が乱れる。

耳元で「だめか?」と聞きつつも、彼の指と唇は僕の性感を高めようとする。

「だめじゃ、ない……。だめじゃないけど、でも……、あっ、ん……っ」

テオドールの右手が、僕のものを直《じか》に掴む。

——こっ、こんな時は、便利だけど不便っ！

近所の主婦さんたちの目を意識し、真似て愛用しているレディース物のフリースのパンツは色も柄も豊富な上に、軽くて温かくて重宝している……けれど、ウエストがゴムだから侵入は容易《たやす》くて、キス以上の行為は何もないままこの数日一緒に寝ている僕の身体は、与えられる刺激にすぐに反応してしまって……。

「お前を腕に抱いて眠るだけの状態で、一週間も我慢したんだぞ」

「まだっ、六日……っ」

「一日しか違わない。バスルームで子供たちと騒いでいる今なら、お前の声は届かない。それとも優吾、こうされるのは、いやか？」

テオドールの手の中で、僕のものが形を変える。

胸で自己主張する小さな粒も、ツンと尖って疼《うず》いている。

大和が来てから抑え込んでいた欲望が、燻《くすぶ》ったままじゃいやだと叫んでいた。

「や、じゃない……。僕だって……」

口にした途端に、テオドールが僕のフリースのパンツを下着ごと引きおろす。

膝上まで下肢が露わにされ、隠すもののなくなった股間で、硬く充血したものがまるで『早くしてくれ』とせがむように、滑稽《こっけい》にぴょんと跳ねて僕の羞恥心を煽った。

筒状にした手で擦《こす》られて、まっすぐに立っていられず腰を突き出す。

冷蔵庫とシンクに片手ずつついて身体を支えた僕を、テオドールは「いやらしい恰好だな」と笑みを含んだ声でからかった。

「なっ……、ぁ、テ、テオドールが始め、んっ……、ぁ、ぁっ……」

抗議の声が途切れて、喘《あえ》ぎに変わる。

テオドールの手淫に、先走りが漏れる。

僕の右手は、もっとしっかりと掴める場所を探して冷蔵庫のドアからシンクへと移り、テオドールの左手は左胸から離れ、僕のお尻を剥《む》き出しにしてするりと撫でた。

「優吾、男同士で愛し合う時に、どこを使うか知っているか？」

そう聞かれた瞬間、僕の勃起《ぼっき》がビクッと震えて、とろとろと先走りを零した。

「き……いた、っ、こと、は……、んっ、ぁ、ぁっ……、ある、けど……」

「……どこだと聞いた？」

確認するように、テオドールは僕に尋ねる。

お尻を撫でていた手のひらが指一本になったことに気付いて、僕は恥ずかしさに顔を熱くしながら位置を合わせて、お尻の狭間《はざま》で彼の指を滑らせた。

「んっ……。ここ、だよね……？」

僕は腰を小さく揺らめかせ、固く閉じた窄《すぼ》まりでテオドールの指先をなぞる。

そうだと答えたテオドールが、窄まりの周囲を指の腹で揉みほぐす。

先走りで濡れた屹立を扱かれながら、そんな場所を軽くとはいえ揉まれると、何だか変な気分になってくる。

「優吾、今夜はお前のココを愛したい」

囁いた直後に窄まりを弄っていた指が離れ、息つく暇もなく戻ってくる。

テオドールの「いいか？」に頷くと。指先に絡め取った先走りがそこに塗られる。

「ぁ、……ぁ、ぁっ、テオドール……っ」

指先が、ツプッと挿ってくる。

たちまち身体に緊張が走り、喉が震えて息が乱れた。

「まだ、ほんの先だけだ。優吾、こっちに意識を向けて……」

――そうだよ、まだ指なんだから。

指でこんなに怖がっていたら、テオドールのものを受け入れる時にどうなることか。

僕がいやだと言えば、テオドールは、それ以上はしないかもしれない……この六日間、抱き合って眠りにつきながらも、キスしかしなかったように。

硬く勃ったものを扱く手と、耳元で繰り返される「愛してる」の囁きに宥められて、深呼吸で力を抜く。

呼吸のタイミングに合わせて、指は少しずつ奥へ入る。

中から触られる感覚に、僕はぎゅっとシンクのふちを掴んだ。

「んっ！　……っ、……ん、ぅっ……、……ぁ、ぁっ！」

微妙な動きで内壁を探っていた指が、そこを押し掠めるようにした瞬間、声が上擦《うわず》り、下腹に力が入る。

「ここだな……」

テオドールに二度三度と同じ場所を探られて、ヒクンヒクンと中が蠢《うごめ》く。

収縮する内壁が、僕に指の形をリアルに伝えてくる。

埋められた指が動くたびに、甘く切ない疼きが生まれる。

そこを包む手のひらは、いつの間にか添えられているだけになっているのに、中で指が動くたびに張りつめ、恥ずかしいほど先走りを漏らしていた。

「ぁ……、やだっ、……テオドール、……んっ、そ、そこ、変っ」

「変じゃない。ここは優吾が気持ちよくなるための、大事な場所だ」

テオドールはそう言うけれど、素直に快感に身を委《ゆだ》ねきれない。

それでも、徐々に激しく差を増す中の指は、僕に快楽を与え、どんどん追い詰められていく。

——ほ、本当に、そんなところを弄られて射精しても、変じゃない!?

こんなことなら、テオドールの寝室に置いてあるパソコンを借りて、男同士で愛し合うために何をどうするのか、具体的な前知識を仕込んでおけばよかった。

一本だった指は、気が付けば二本になっていた。なのに、どうにもならないくらい気持ちよくて、指の刺激にお尻の中がきゅんきゅんしている。

内壁が、快楽を与える彼の指にすがりつく。屹立《きつりつ》は、壊れた水道栓のように先走りを漏らし、内腿まで伝わせていた。そしてあろうことか、僕のお尻の中を弄るテオドールの指は、ツンと尖った胸の粒までジンジンと疼かせ、僕を苛む。

自分の身体が信じられなくなるほど、浅ましく反応している。

「お、願いっ……、テオドール、そこ……っ！　指っ、やだ、やめ……っ、ぁ、ぁあっ、僕、おかしくなるっ」

切羽詰った声でテオドールに訴えて、下肢を捩《よじ》る。

けれど、彼の指は動きを止めるどころか、激しさを増してしまう。

「おかしくない、それでいい。優吾がココで快感を得られないほうが、困る」

「でも……っ、そこ、ゃっ、……ぁ、だめっ、……イっ、イキそうに……ゃ、ゃっ」

「俺は、いつまでもこうしていたいが、……いいのか？」

何が、と聞き返そうとした僕の耳元でテオドールがクスッと笑う。

「子供たちとお前の兄が、いつバスルームから戻ってくるか、わからないんだぞ？」

指摘にハッとしたその瞬間、淫《みだ》らにヒクつく先端の孔《あな》をぬるりと親指が撫でた。

同時に、中の指にそこを容赦なく擦りたてられ、強い射精感がこみあげる。

「尻を丸出しにして、いやらしく突き出している……今の優吾の姿を、見られてしまってもいいのか？」

「やだぁ……っ、み、見られたくないっ！」

双子は、幼すぎて僕たちが何をしているのか理解できないかもしれない。けれど、当然ながらこんな姿を見せるわけにはいかない。

大和には尚更、見られたくない。見てしまったら僕たちの仲を信じてくれるかもしれないけれど、だからといって、愛し合っている場面を見られるなんて……。

「だったら、優吾も協力してくれ。俺も、もう辛《つら》いんだ」

「ぁ、……っ、ご、ごめん……」

自分の快楽にばかり気を取られていて、すっかり忘れてしまっていた。

テオドールが僕を愛してくれるように、僕だって彼を愛したい。

最初の頃はしてもらう一方だったけれど、今では僕も、彼に施《ほどこ》される手淫《しゅいん》や口淫《こういん》を真似て射精に導くことができる。

だけど、肝心《かんじん》のテオドールは背後にいるし、僕の両腕は自分を支えるのが精一杯のこの体勢じゃ、彼のものに触れるのは難しい。

「どう、すれば……、ぁっ」

「我慢せず、もっと積極的になってくれないか？」

「テオドールの、は？」

「それは、優吾が達したあとでいい。だから、ほら……」

僕のものから離れた手が腰を掴み、前後させる。

そんなふうに腰を動かされると、指先が中で抉《えぐ》るように強く当たって、一瞬、膝の力まで抜けそうになって……

「わかっ……、わかった、からっ！　テオドール、お願いだっ……、手を、元に……っ」

「掴んでいて欲しいか？」

「う、んっ……。だって、手がないと……っ、んっ……ぁっ、……っ、……お尻だけで、射精っ、なんて、そっ……、そんな恥ずかしいの、やだっ……、や、……ゃ、ぁっ」

「……尻を振るのは平気なのか？」

「それも、恥ずかしい、けどっ……、でも、……んっ、つ、辛いって言うからっ！　お願い……っ、前をっ、前を触って……っ」

「まずいな。……優吾を、もっと困らせたくなってきた」

「やっ……テオドール、お願いだからっ……。お尻でイくなんて、そんなっ、……添えているだけでもいいから、前をっ」

形だけでも、前も触ってもらっていることにしておかないと、自分の身体のいやらしさに頭がどうにかなってしまいそうだ。

「添えているだけなら、一緒だろう?」

「一緒でもいいから、ぁっ、ぁ、やだ、気持ちいいっ、……こんなのやだぁっ！　このまま
まじゃ、僕、……んっ、お願い、お願いっ」

頼む間も、テオドールの指が中をぐちゅぐちゅと掻き混ぜる。

繰り返し懇願して、やっとぱんぱんに膨らんだ股間のものに手を添えてもらってホッと
するけど……次は、自分でお尻を振らなきゃならない。

「んっ……、……っ、テ、テオドール……、目っ……、目を……、閉じててっ」

重ねて頼むけれど、背後にいるテオドールからの返事は聞こえてこない。

――見ている、つもり……かな。

中を弄る指に自分からそこを押しつけるところなんて、見られたくない。

テオドールが眺めていると思っただけで、顔から火が出そうだ。

きっと見ている……覚悟はしながらも見られていないと自分に言い聞かせて、僕はテオ
ドールの指の動きに合わせ、そっと腰を揺らめかせた。

途端に快感が僕の全身を駆け抜けて、下肢がカクンと落ちる。

「んゃぁっ、ぁ、ぁぁっ……」

――やっ、……だ、だめっ！

指を敏感な場所に強くこすりつけてしまった身体は、そのまま勝手にビクビクと腰を震わせ、中を激しく収縮させる。

「中だけで、もう軽くイッたか。……相当、ココが気に入ったようだな」

満足そうな呟きが、彼の指遣いに夢中になっている僕の耳に届く。

お尻の中の敏感な場所で、テオドールの指をたっぷりと味わってしまっている……その恥ずかしい姿を、彼にしっかり見られている。

「ふぁっ、ぁ、ゃぁっ、……みっ、見ないでっ、……テオドール、頼むから見ないでっ」

「無理を言うな。まだ誰にも触れさせたことがない優吾の中に、俺が初めて指を挿れているんだぞ。それに、愛しい優吾が、ここまで気持ちよさそうにしているのに。この姿を目に焼き付けておかないなんて……」

「そんなぁ、ぁっ、やだっ、ゃっ、また……っ」

「俺に、そんなもったいないことができると思うか？」

僕の中で、指がグリッとそこを抉る。

「ゃ、ぁぁっ……っ！」

僕の動きに合わせて中で踊る指に、ますます性感が高まっていく。

腰が動かないようにしたいのに、淫らに震えるばかりで止まってくれない。

――こんなっ……、こんなに気持ちいいの、知らないっ！

断続的な声と先走りをひっきりなしに漏らしながら、ただひたすら僕は頂点めがけて駆け上がっていくしかなくて。

「あ、ああっ、ふぅ、ぅっ、……っ、……くぅ、ぅんっ、……ぁ、ぁあっ！」

ひときわ強く刺激されて、下肢に集まった熱が一気に弾ける。

迸《ほとばし》りはシンクの開き戸に飛び散り、シンクを掴んでいた僕の手まで白く汚した。

「はぁ、はぁ、はぁ……、ぁ、ぁっ……！」

「気持ちよかったか？　だが、まだ終わりじゃない、優吾」

テオドールの手が、僕の手に竿の部分を握らせ、前後させる。

「えっ……、ええっ、……待っ、今イッたのにっ！」

「いいから、もう少し自分で扱《しご》いてごらん」

僕の手を離したテオドールが、先端をいやらしくこすりたてる。

中に含ませた指まで動き出すと、すぐに切羽詰った感覚が僕に襲い掛かった。

「あっ！　何か、何かくるっ、離し……っ」

「これも、気持ちいいだろう？」

――気持ちいいどころじゃなくてっ！

尿意を我慢しているのに似た耐え難さに、焦って「だめっ」と頭を振る。

「やっ、……ト、トイレっ！　おしっこ、でるからっ」

ニコルやアンドレならともかく、二十四にもなって粗相《そそう》したくない。しかも、家の中だ。ちょっと離してもらえたら、すぐそこにトイレがある。

「テオッ、もう、本当にっ、……漏れるっ！」

「我慢するな、優吾。それは尿じゃない。潮吹《しおふ》きというのを、聞いたことがないか？」

「しっ、潮!? ぁ、ぁあっ、出るっ！ こんな、ゃぁぁあっ……」

堪《こら》えきれない熱い奔流《ほんりゅう》が、先端から、ピュッ、ピュピュッと飛び出す。

断続的に噴きあがる半透明の体液が、先に付着していた精液の一部にかかり、一緒くたになって垂《た》れ落ちる。

「はぁ、はぁ、も、もぉ、こんなのやだよ、恥ずかしいよ……」

背後のテオドールにぐったりと身体を預けて、経験したばかりの強烈な快感と猛烈な羞恥心を訴える。

「だが、すごく可愛かったぞ。優吾だって、悦《よ》かったんだろう？ 結局、潮を吹ききるまで握って離さなかったじゃないか」

意地悪く囁いて、僕の頬にキスを落とす。

更にテオドールは、僕の中を去り際にひと撫でしてから指を抜く。

イッたばかりで過敏《かびん》になっている僕は思わず息を呑み、振り返った。

「さっ、最後の……っ」

睨んだ僕の頬に、テオドールは「どうした？」と再度キスをする。

聞き返されて言葉に詰まるけど、テオドールの口元はしっかりと笑っている。

僕が言いたいことは、充分に通じているはずだ。

「最後の最後まで、気持ちよさそうだったな」

囁きながら、ぐったりと力を失くした僕のものを手の中で弄《もてあそ》ぶ。

触れられているのは股間のものなのに、教えられたばかりの2種類の快楽が身体の中で再燃する気配がして、僕は慌ててテオドールの手をぎゅっと掴んだ。

「ゃっ！　……ぁっ、も、もうだめ！」

「また、したくなるから……か？」

からかい混じりの声で聞かれて、たちまち頬が羞恥に熱くなる。

それでも僕は正直に、だけど小さく頷いた。

テオドールは、耳元でわざとらしい溜め息をついて「いやらしいぞ、優吾」と嘆く。

「い、意地悪っ！　もうっ、本当にまた勃《た》ってきそうに……」

なったら、困るから……そう続けるつもりで上半身だけで背後のテオドールを振り返って、視界に入ってきたものにヒッと息を呑む。

「やっ、大和っ!?　あ、あの……っ、あのっ、これはっ……」

かぁぁぁぁっと全身が熱くなって、次にサーッと音を立てて血の気がひいていく。

不幸中の幸いというべきか、お風呂からあがってきたばかりの大和の手は、ニコルとアンドレの目をしっかりと塞いでくれているけれど……。

——い、いつから、そこにっ？

フリースのパンツと下着を引き上げなきゃと思うのに、衝撃のあまり身体が動かない。正面を向いたままのテオドールは、まだ大和と双子がいるのをその目で直接確認していない。とはいえ、動揺しているのは同じなのか、表情は固まっているし、僕のものを弄っていた手も止まっている。

「ねー、おじさーん。おめめふさいだら、何も見えないのー。どうしたのー？」

「あ……、あー、ニコル、これはその……、パッ、パパと優吾がっ、今、ものすごーく大事な相談をしているんだ！　だから、邪魔しちゃいけないんだよ、うん！」

双子に「相談ってなあに？」と無邪気に聞かれた大和が、「みっ、皆が仲良くなるための相談だっ」と必死の形相《ぎょうそう》で言い訳を捻《ひね》り出す。

「するーっ！　アンドレも一緒に、そーだん、するっ」

「だ、だめだっ。すっごく重要な、大人の相談だからな！　……ああ、そうだ！　パパと優吾には、二階の、パパの部屋でっ、相談の続きをしてもらおうなっ！」

大和が、双子の目を隠したまま、じりじりとリビングのドアから遠ざかる。

どうするつもりなのかとハラハラしている僕から目を逸らして、大和は早くリビングから出ていけと顎で廊下をクイッと指し示す。

「優吾、お前の兄のせっかくのフォローだ。二階へあがろう」

囁いたテオドールが、僕の乱れた着衣を直す。

普段、衣服の下に隠れている部分があるべき姿におさまると、ようやく僕の身体も硬直から解かれる。

でも、ホッとするのはまだ早い。僕たちは飛び散ったものを手早くキッチンペーパーで拭うと、そそくさと、だけど静かに移動を開始した。

「今日の晩御飯はおじさんが出前をとってやるから、三人で食べようっ。ニコルとアンドレは、ラーメンとピザ、どっちがいい？　それとも、蕎麦《そば》のほうが好きかな？」

出前と聞いた双子が、わぁっと嬉しそうな声をあげる。

僕たちは、こっちを見ないように目を伏せている大和と「ラーメンがいいの！」「アンドレはお寿司がいいっ」とリクエストする双子の前を、足音を忍ばせて通り過ぎた。

そのまま抜き足差し足で廊下に出て階段をあがり、テオドールの部屋に入った途端に全身から力が抜ける。

「はぁぁ、びっくりした。もう、本気で心臓が止まりそうになったよ」

「俺も、さすがに驚いた。てっきり、子供たちがバスルームから戻ってくる時には声でわかるつもりでいたからな。優吾の兄には、あとで感謝を伝えなくては」

「……どうしよう。何をしていたか、大和はきっと気が付いているよね」

「気付いていなければ、あんなふうに子供たちの目を隠してくれていないだろうな」

——やっぱり、そうだよなぁ。

はあっと溜め息をついた僕を、テオドールが「それより、優吾」と腰を抱き寄せる。

「お前の兄がくれた、せっかくのチャンスだ。無駄にしたくない」

「えっ……？　ええと、あの……、どういう意味？」

「お前の兄は、弟を連れて帰るつもりで泊り込んでいるんだぞ。その兄が気を利《き》かせて、子供たちの面倒をみてくれているんだ。今ならば、子供たちに邪魔をされない」

熱を孕んだ囁きが、僕の耳に忍び込む。

「こんなチャンスは、滅多《めった》にない。……優吾、さっきの続きをしよう」

「続き……、う、うん、そうだね」

——そうだ、僕ひとりがイかせてもらったんだった。

テオドールのものも充分猛《たけ》っていたのに、何もしてあげていない。

「じゃあ、あの、テオドールのを、僕が……」

拙《つたな》いけれど、手だけではなく口で慰める行為にも少しずつ慣れてきている。

テオドールに導かれるままベッドにあがった僕は、そのままテオドールに優しく押し倒されながら「ええと、どっちでするのがいい？」と尋ねた。

「また、したくなりそうだったんだろう？　俺は、あとでいい」

「だって、あれはもうイッたのにテオドールが中で指をっ！」

最後まで言い終わらないうちに、気が付いてしまう。

中で指を動かしたりするから、気持ちよくなりそうになったんじゃないか……僕が言おうとしているのはそういうことで、結局、彼の言葉の否定になっていない。

「……ずるいよ、テオドール」

「そうじゃない。俺のために、また、したくなって欲しいんだ」

「テオドールのために？　どういう意味？」

首を傾げた僕の唇に、テオドールがキスを振らせる。

ひとつ、ふたつ、みっつ……軽く啄《ついば》んでは去っていく唇に、僕の身体にキッチンでの行為を羞恥が甦ってくる。

「お前の兄がくれたせっかくのチャンスだ。キッチンでは、まだそこまでするつもりはなかった。まずは指で少しずつ優吾を快楽に馴染《なじ》ませて、折を見て、そのうちと思っていたんだが……幸いにも今ならもう半分くらいは解《ほぐ》れている」

どこが、と聞く必要はなかった。解された場所なら、自覚がある。

「俺は、優吾とひとつになって愛し合いたい」

ヘーゼルの瞳に宿った真剣な眼差しに、胸の奥がきゅんと疼く。

これまで、まるで僕たちの行為を察知《さっち》したかのように双子が起きだすせいもあって、僕たちの仲はスローペースで進展してきた。

テオドールに焦る様子はなかったし、僕自身、これが僕たちのペースなのだと思ってきたけれど……そうやって時間をかけて深めてきた僕たちの仲を一気に進展させるなら、今夜は確かに数少ないチャンスのはずだ。

「お前の兄や子供たちが階下にいると思うと、気が乗らないか？」

愛情を宿《やど》した彼の目に、欲望がチラついている。

僕の意志を尊重してくれるのは、嬉しい。

けれど、こういう時に優しいのは、ちょっとずるい。

「……テオドールの、ばか」

視線を逸らして、小さな声で彼を詰《なじ》る。

――そんなふうに聞かれたら、余計に恥ずかしいじゃないか。

こんな時は、口先で丸め込んでくれたらいいのに。

いや、少しくらい強引に進めてくれてもいい。いっそのこと、返事をしたくても淫らな声しか出ないほどの、強い快楽で押し流してくれたらいいんだ。

「わかった。だめなら、次の機会を待とう」

はっきりとした返事をしない僕が、いやがっていると思ったらしい。

僕は彼が離れてしまう前に、覆い被さっているテオドールの首を抱き寄せ、耳元で「そうじゃなくて」と否定する。

「さっき、キッチンで。テオドールが、最後に僕の中で、したみたいに。……無理にでも、その気にさせてよ」

驚きが一瞬テオドールの顔に浮かび、すぐさま喜色に変わる。

だけど、そこに即座に迷いが広がり、ベッドの下へと視線が動く。

「優吾、でも……、いいのか？」

今日までの六日間を考えれば当然の気遣いかもしれない。

けれど、これ以上の気遣いは、いらない。

「せっかくのチャンスを、テオドールは無駄にするつもり？」

僕との時間に、集中して欲しい……愛情をこめて、テオドールの唇にキスを贈る。

「大和がいることなんて、忘れちゃうくらいがいいな」

重ね合わせただけのキスの去り際に囁いて、彼の唇の表面を舌先でちろりと舐める。

僕の精一杯の挑発に、テオドールは微笑んだ。

「……すぐに、忘れさせてやる！」

顔に浮かんだ優しい笑みとは裏腹の、強い宣言と荒々しいキスが僕の声を奪う。

舌を絡ませ合うキスの最中で一旦離れたテオドールが、手際よく僕と彼自身を一糸まとわぬ姿にして唇に戻ってくる。

キスを再開させると同時に、彼の指は胸の粒を弄り始めた。

「んっ、んっ……、ふ、ぅっ……」

キッチンで一度達したというのに、すぐに僕の身体がヒクっと反応する。

尖った粒を掻かれるたびに、彼の爪弾く楽器のように僕の喉は震え、呼吸が乱れた。

——ぁっ、……なっ、どうして？

弄られているのは胸なのに、疼きは全身に響いている。

とくに、さっき初めて指を含んでいた場所は、ひときわ強く疼いていた。

「ゃ……、ぁ、ぁ……、ゃっ……」

僕の肌の上をキスが移動し、放置されていた右胸に吸いつく。

何もされないうちから尖っていた右の粒が、細く丸めた舌先で嬲られる。

快楽に弱い胸を左右一緒に刺激されると、もう我慢なんかできなくて、あっという間に下肢は僕の劣情《れつじょう》を露わにした。

「あ、あっ……、ん……っ」

「優吾。舐めてあげるから、こっちにおいで」

胸から顔をあげて下肢の昂ぶりを見たテオドールに指示されるまま、肩幅より広く開いて膝を立て、彼の身体を跨《また》ぐ。

昂ぶった彼の屹立《きつりつ》が僕の目の前にあるように、テオドールの目の前には、今、僕の勃起があるはずで、これまでに何度か経験してきたように舐めあうのだと思った僕は、そろりとテオドールに唇を近づけた。

愛情を込めて、猛った彼にキスする。

そのまま先端に舌を這わせた僕は、思わぬ場所に舌を感じて咄嗟に振り返った。

「テオドール、そこは……っ！　……ゃ、ぁっ」

期待に震える屹立ではなく、窄まりが、舌に襲われていた。

唾液をたっぷりと乗せた舌が、ぴちゃりぴちゃりと淫猥《いんわい》な音を立てている。

テオドールは、指で皮膚を軽く引っ張って、舌先をそこに潜り込ませた。

「抜いっ……、やだっ、どうしてそんなところ……っ、……い、……ゃ、んんっ！」

内側から、舐められている……指を挿れられた時以上の衝撃と、その鮮烈な感覚に、僕は腰を左右に振って、やめてくれと訴えた。

「ひとつになって愛し合うための準備だ。しっかり濡らして解しておかないと、辛《つら》いのはお前なんだぞ、優吾」

「だって、汚い……っ」

「平気だ。優吾は、どんな場所でも綺麗で、愛《いと》しい」

「でも、そこはっ、……はぁ、ぁっ！」

唾液で中を濡らしたテオドールが、くちくちと窄まりの周囲を揉み解す。

舌に添えて指が挿し込まれ、送り込まれた唾液を塗り広げられる。

忌避感《きひかん》も羞恥も強いのに、僕の前はすっかり張りつめて硬くなり、先走りまで漏らしてしまっていた。

それだけじゃない。まだ浅い部分にある彼の指を、さっきキッチンで快楽を知ったばかりのそこが求め、早くしてくれと疼いている。

「やっ……、ゃ、ぁっ……」

テオドールの猛ったものを愛する余裕が、どこにもない。

先走りを淫らに滴《したた》らせながら、ただひたすら声と息を乱して施される準備に耐える。

——い、今なら、半分くらい解れているって言ったのに！

時間をかけて、指と舌で解されていく。

あと少し、窄まりを刺激されたら、達してしまう……それくらい昂ぶっているというのに、テオドールは中をこすりたてながら僕の根本を押さえて射精を阻止《そし》する。

「すっかり気持ちよくなっているところを悪いが、優吾、まだだ」

「……っ！　やっ、ゃぁっ！　……イっ、……ぃ、ゃぁっ、」

堰《せ》き止められた状態で受ける愛撫に、啜《すす》り泣きが漏れる。

何故イかせてもらえないのか、どうしたら終わるのか、わからない。

身体の芯で暴れる熱を持て余し、僕は「もぉやだぁっ」と下肢を波打たせた。

「これだけ焦らして解せば、挿入の痛みも多少は紛《まぎ》れるか……」

独り言のような呟きに、中が強く収縮する。

テオドールがクスッと笑って中から指を抜き、僕の下から抜け出す。

「やっ……、ぁ、ぁんっ……」

「こういう時の優吾は、言葉よりも身体で先に返事をするんだな」

「……っ、……だ、だって、指がっ！」

「抜く時にキツく当たったのが、相当悦《よ》かったらしいな。すごく指に絡みついて、引き戻そうとしていた。それに、イけないように前を堰き止めたままだったのに、今にも弾けそうなほど膨らませて……」

上半身で振り返った僕に、テオドールは僕自身の勃起を握らせる。

空《あ》いた両手で彼は僕の腰を掴み、お尻を高く突き出す格好に調整した。

「優吾、そのまま手を動かしてくれ」

「えっ。あの、でも……」

「いいから、好きなように動かして……」

テオドールに自慰《じい》行為を促され、ベッドに頬と肩をついて、おずおずと手を動かす。

はちきれそうになっている僕の勃起は、恥ずかしさを堪えながらの緩すぎる愛撫にも脈打ち、射精へのきっかけを掴もうとする。

「んっ……、んぁっ、んっ、ふっ……」

ゆっくりと動かしていた手が、すぐに本能に従って勃起に心地よさを与え始める。

脚の間に陣取ったテオドールが見ているというのに、僕は高々とお尻をあげて、自分のものに手淫を施し、シーツに淫らなシミを落とす。

「……ぁ、ぁっ、……はぁっ、んぁ、ぁっ」

右手で幹をこすりながら、根本にぶら下がるものを左手で弄る。

いつ弾けてもおかしくないのに、見られているせいか、その瞬間が訪れない。

——やだ、イきたいっ、……イキたいのにっ！

夢中で手を動かしていた僕がもう少し刺激が欲しいと思った時、左手は自然に胸の突起に移動していた。

「あ、あっ！　……ゃんっ、気持ちいいっ！　……はぁ、あっ、ぁあ、……ぁんっ！」

カリッと粒を軽く引っ掻いた途端に、手の中の勃起がドクンと強く脈打つ。

一気に射精感が高まって、右手も左手も止まらなくて……。

「綺麗で淫らな、俺の優吾……」

束《つか》の間とはいえ自慰行為に没頭《ぼっとう》していた僕を、呟きが現実へと引き戻す。

窄まりを指で開かれてハッとなった時には、猛々しいものが僕の中に容赦なくググッと押し込まれていた。

「あっ、ああっ！　いっ、痛っ、……くっ、ぅっ、……ゃあっ、ぁんっ！」

ピリッと切れる感じがして顔を顰め、咄嗟に自分のものを握り締める。

痛みが射精感を遠ざけたものの、胸の粒を捏《こ》ねていた指にも力が入ってしまい、じわりと広がる気持ちよさに声が蕩けた。

「くっ、……ぅっ！　……続けるんだ、優吾っ」

テオドールに言われて、指の動きを再開させる。

痛みに集中しそうになっていた感覚が、気持ちよさに少しずつ分散され、どうして自分で慰めるように言われたのかを頭の片隅で納得する。

手淫《はい》の気持ちよさが狭い器官を収縮させるたびに、テオドールはより深い部分を目指して挿ってくる。

逆に、痛みと緊張で僕が変に力んでいると、耳に届くテオドールの声も苦しみも増すようで、僕は懸命に自分の性感を煽って彼を奥へと引き込んだ。

「んぁ、ぁっ……、はぁっ、ぁ、ぁっ」

僕の呼吸と快楽のリズムに合わせて、猛ったものが、じわじわと挿ってくる。

夢中で自分を慰めていた僕は、テオドールにお尻を指先で軽く二度叩かれて、顔だけで振り返った。

「お、終わった、の……？」

「終わったんじゃない、これから始まるんだ。全部、優吾の中に納まった」

テオドールが「わかるか？」とゆっくり腰を回す。

びっちりと埋まったもので敏感な場所を掻かれ、圧迫感と痛みに疼きが混ざる。

「あっ、はぁ、ぁっ！」

上擦った声を漏らしながら、僕は思わず腰をくねらせた。

背後で心地よさそうな息をついたテオドールが、「ここだな」と動き始める。

ゆっくりとした腰遣いで、そこばかりを擦られて、握った屹立が歓喜《かんき》に震える。

初めての快感に、胸の小さな粒が痛いほどキツく張りつめる。

すべてがおさまった今、もう勃起も突起も自ら愛撫する必要はない……はずなのに、押し寄せる悦楽《えつらく》に翻弄《ほんろう》されるあまり、そこから手を離す余裕がない。

「そこっ、や……っ、……ぁ、ぁっ！」

気持ちよさに、どうしようもなく下肢が揺れる。

少しでも揺れを止めたくてシーツを掴みたいのに、僕の指はぷっちりと勃った胸の突起を摘まんだり弾いたりするばかりで、快楽を増幅させる役にしか立たない。

叶《かな》うことなら、この腕でテオドールに抱きつきたい。

でも、四《よ》つん這《ば》いで上半身を伏せた格好では、テオドールに抱きつくどころか、彼の顔すら見えない。

「んっ……、はあ、ぁっ……、テオドール……っ」

「優吾、まだ痛いか？」

「ちがっ……、こ、これじゃ、顔も見えな……、ぁ、あっ！」

もっと近くに、より強く、彼の存在を感じたい。

僕の気持ちを汲み取ってくれたテオドールが、ググッと深くまで腰を打ちつけ、肩先に唇を押しつける。

「これでいいか？　優吾、キツいならやめたほうが……」

圧迫感は強まったけれど、背中にテオドールの体温を感じられる。

そこしか繋がっていないより、このほうがずっといい。

「ううん、このままがいい」

「しかし、困ったな。優しくしてやりたいのに、これじゃ、獣《けもの》の気分になりそうだ」

微かな苦笑を交えて囁いたテオドールが、耳に甘く優しく歯を立てる。

上半身を伏して腰を高くあげた僕と、その僕の両肩に手をついて覆いかぶさっているテオドールは、確かにちょっと獣っぽいのかもしれない。

「なってよ、テオドール。……僕だけの獣に」

いいのかと念を押されて僕がはっきりと頷くと、テオドールは慎重に動きだした。

少しずつ激しさを増す行為に、悦楽に濡れた声が次から次へと漏れてしまう。

それはテオドールも同じらしく、僕を穿《うが》つ腰つきにも乱れた息にも、徐々に熱がこもり始める。

ただ純粋にお互いを愛し、ひとつになっても、まだなお相手を欲して求めあう。

今夜、ベッドの上の僕たちは、心からの歓喜に震える獣だった。

嬉しくて、恥ずかしくて、まともに顔が見られない。

甘さを帯《お》びた腰の重みは、僕にとって、昨夜テオドールとの間にあった初めての行為の証拠で、決して嫌なものじゃない。

テオドールと目が合うたびに、顔が熱くなってしまう。

彼の視線と同じくらい困っているのは、物言いたげな大和の視線だ。

ちらちらと送られる大和の視線は、僕をこれ以上なくいたたまれない気分にさせる。

「パパ、昨日ごはん食べなかったね」

「優吾も、ごはん食べてないよ！　ピザ、朝そのまま残ってたもん」

テオドールと大和に遊んでもらっている双子の言葉に、ビクッとする。

キッチンで淫らなことをしていた僕たちを、大和が目撃したのは、昨日の夜。

素っ裸のまま抱き合って目覚めた、今朝……まだ皆寝ているつもりで、ふたりでそーっとシャワーを浴びてキッチンへ向かったものの、先に起きていた双子と大和はテオドールと僕の分の夕食だったらしいピザを朝食にしているところだった。

「一生懸命に大事な話をしているうちに、パパと優吾は眠ってしまったんだ」

「ふぅん。食事も忘れて、一生懸命、してたんですか」

今朝からこれで何度目だろう。大和が、取り繕《つくろ》ったテオドールの揚《あ》げ足を取る。

元々、僕を連れて帰るのが目的で居座っているんだし、昨夜の一件について、まだ何も話していないから、機嫌が悪くてもしょうがないのかもしれないけれど……

洗いあがったばかりの洗濯物を入れたカゴを手にしたまま、つい立ち止まって皆の様子を眺めていた僕は、大和の携帯電話の着信音が鳴り響くのを聞いて我に返り、ふぅっと溜め息をついて庭に出た。

小春日和《こはるびより》の空の下、最初の頃と比べれば随分《ずいぶん》と手際もよくなったような気がしつつ、洗濯物を次から次へと干していく。

最後に、これもまた見るのも触れるのも慣れてしまった女性用の下着を手にとったところで、背後でガラリと窓の開く。

「なあ、優吾。ちょっとトラブル発生《はっせい》で、会社へ行かなきゃならなくなったんだ」

せっかくの休みに呼びだされた大和には申し訳ないけど、これで今日一日、大和の視線を感じるたびに気まずい思いをせずに済む。

「休日出勤かぁ。大和も大変だね」

「急で悪いけど、速攻で行かなきゃならないから、駅まで車で送っ……」

慌ただしい気配に、半ばホッとしながら振り返った僕は、大和の視線に首を傾《かし》げる。

まじまじと僕の手元を見つめている大和の顔は、ほんの少し強張《こわば》っていた。

「おい。それは何だ？」

「何って、……あっ、これ？」

自分の手の中にあるものを見て、大和の動揺した顔に納得する。

どうやら大和は、僕が持っているヒラヒラのレースと細いサテンのリボンに縁《ふち》どられたピンクのブラジャーとショーツに驚いたらしい。

「大和には、まだ言ってなかったかな？」

「優吾、お前オカマになったのか？　いや、ニューハーフというやつか？」

大和が頬の筋肉をヒクヒクさせつつ、下着と僕を見比べる。

「まさかお前、家出の本当の原因は、親父とのケンカじゃないとか言わないか？」

とりあえず手にしている下着を干してから、大和のほうに向き直る。

「ええと、大和。早合点の思い込みは、やめたほうが……」

やんわりと、家出の原因はケンカ以外にないと伝えようとしたけれど、最後まで言わないうちに「いいから聞け！」と大和が遮《さえぎ》る。

「優吾、ひょっとして性同一性障害に悩んでいたとか、実は女性に生まれ変わって人生をやり直したいと思っているのか？」

「ちょっと大和、お願いだから、僕の話を……」

「優吾、隠さないでくれっ。兄貴のくせに全然気づいてやれなくて、本当に悪かった！」

――ああ、完全に勘違いして突っ走ってるなぁ。

ここで僕が大和の間違った推測を肯定すれば、おとなしく帰ってくれるんだろうか？

だけど、今現在はそれで丸くおさまってたとしても、あとで更に大きな揉め事の火種《ひだね》になりかねない。

「大和、そうじゃないからさ。僕の話を、落ち着いて最後までちゃんと聞いてよ」

僕は大和に、かいつまんで近所のひとたちが僕を女性だと思っている話と、下着はそのためのはカモフラージュなのだと説明する。

「な、なんだ、そういうことか。違うなら違うで、もっと早く言ってくれたら……もうっ、驚かせるなよな！」

「勝手に早合点して、僕の話を聞こうとしなかったのは大和じゃないか」

「まあ、そうだけどさ。じゃあ、昨夜のアレは、その……」

気まずい空気が、大和と僕の間に漂《ただよ》う。

大和の言わんとしていることは、昨夜のアレと聞けば察《さつ》しがつく。

だけど、口ごもる大和は、口よりも目のほうが雄弁《ゆうべん》だ。

そわそわと、視線が僕の下肢と顔を落ち着かなげに往復する。

「ええと、大和？　急いで会社に行かなきゃならないんだろう？」

駅まで車で送ってくれと言ったのを思い出して、なかなか切り出さない大和を促す。

「言いたいことがあるなら、車の中で聞くよ。時間、ないんだろう?」

「あっ、ああ……、そうだな、うん、頼む」

空になった洗濯かごを手に大和とふたりで一旦家の中へ戻って、テオドールと双子に駅まで行ってくると伝える。

大和が出かけてしまうのだと知って、ニコルとアンドレは「えーっ、やだやだぁ!」「おじさんと遊ぶの、約束したのにぃっ」と盛大なブーイングで引き留めた。

でも、トラブル発生で呼び出された大和が急な休日出勤を取りやめるわけにはいかない。すっかり拗《す》ねてしまった双子に、帰りにお土産《みやげ》を買ってくる約束をして機嫌をとり、僕は大和とふたりで慌ただしく家を出る。

車のエンジンをかけて走り出しても、しばらくの間、大和は黙りこくっていた。

昨夜の件はもういいのかと思いつつ、僕も無言で車を走らせる。

「……なあ、優吾。さっきの、続きだけれどさ」

ようやく大和がそう切り出したのは、駅に近くなってからだった。

信号が、青から黄色へと変わる。

黄色のうちに交差点を渡りきってしまえるけれど、バックミラーで後続車がないのを確認した僕は、交差点には侵入せずに停止線でブレーキを踏んだ。

「お前が、家に帰りたくないから男同士で夫婦だなんて言って誤魔化そうとしたんじゃないっていうのは……その、昨夜の、キッチンでのアレを見て、俺にもよくわかった」

覚悟はしていたけれど、改めて見ていたと言われると顔が急激に火照《ほて》ってくる。

「そ、そう。よかったよ、大和がわかってくれて」

「……わかりたくなくても、ああいう現場を見てしまった以上は、現実を受け入れるしかないじゃないか」

ぼそっと呟く大和に、ごめんと謝ってブレーキから足を離す。

青に変わったばかりの信号機の下を潜って、加速する。

「わかったのはわかったけれどっ！　お、俺はっ、男同士で夫婦だなんていうお前たちの仲を、認めたわけじゃないからな！」

――やっぱり、それは無理なのかぁ。

それでも、家出の理由をすり替えられるよりは、少しはマシだ。

「うん。僕だって、そんな簡単に認めてもらえるとは思ってないよ」

「当たり前だ！　だっ、だけどなっ、あの子たちはお前のことを新しいママだと慕《した》っているし、……その、何だ。昨夜のアレみたいな場面を双子がうっかり見てしまうのは、幼い子供の教育上、非常によくないっ。それは、優吾にだってわかるだろう⁉」

「もちろん、わかってる。今度からは、もっとしっかりと気を付けるよ」

「お、俺には、その、……昨夜キッチンでお前がされていたように、お尻に男のアレを挿《い》れられるのが、どれだけ悦《よ》いのかなんていうのは、理解不能だけどなっ」

突然の大和の目撃証言に、僕は盛大に噎《む》せ、あやうくアクセルを強く踏み込みかける。

──なっ、何を見たつもりになっているんだ大和はっ!?

慌てて脚から余分な力を抜いてハンドルを切った僕は、駅のロータリーに侵入し、改札口に一番近い場所で車を停めた。

まじまじと大和を見つめるけれど、どうやら大和は本気でテオドールと僕がキッチンでそこまでしていたのだと思い込んでいるらしい。

僕と同じように女顔だとからかわれつつ育ったものの、まだ僕より多少は男性らしい顔つきの大和が、秋に公園で双子と拾った紅葉《もみじ》と色を競《きそ》えるくらい真っ赤になっている。

さすがにそこまではしていない……そう訂正しようかという考えが一瞬頭をよぎるものの、じゃあ何をしていたのかという説明を大和にしなきゃならないのも恥ずかしい。

きっと、訂正する僕だけではなく、見間違いの勘違いを指摘される大和だって、そんな訂正は聞きたくないだろうし、恥ずかしいに違いない。

だったら、言わぬが花というものだろう。

「気を付けようと自粛《じしゅく》しようと、同じ家の中にいれば、万が一の事故もある！　あんなものを幼いふたりに見せるくらいなら、その、何だ、俺が協力してやるからっ」

「えっ？きょ、協力？」

「そうだ！　だから、ああいうことをするかもしれない日は、前もって俺に電話しろっ。できるだけ予定を合わせて、あの子たちをドライブや公園に連れ出してやるから！」

双子と僕たちのことを考えたありがたい申し出とはいえ、眩暈《めまい》がしそうになって僕は低く小さく呻いた。

──た、たすかるけど、それ、ものすごい電話しづらいよ、大和。

だって、それで大和の好意に甘えてふたりきりにしてもらうっていうのは、つまり大和に、淫らな行為をしたいんだと打ち明けるのも同然で……。

「あっ！　もっ、もちろん、見られたら教育上よくない行為をするんじゃなくて、単純にふたりきりで静かにまったりと過ごしたい時でもいいっ！」

自分の提案が何を示すか気付いた顔で、慌てて大和が付け加える。

「それからなっ。もしも、だ。万が一、男同士でも夫婦だから、け、結婚式の真似事がしたいなんてアホらしいことを考えているなら、その時も、協力してやる！　当たり前だが、うちの親にこんな話をしたら卒倒するからな！　親にも出席して欲しいなら、何とか俺が言い繕《つくろ》って誤魔化して、出席するよう仕向けてやるっ」

「えっと、あの……？　大和、僕たちの仲を認めてくれた……んじゃないんだよね？」

「みっ、認めるか、そんなものっ！　断じて、俺は認めないんだからなっ」

即答で断言されて、奇妙なくらいホッとする。

僕だって、認めてくれたほうが嬉しいのは、当たり前だ。

けれど、世間的にどう思われるかと言うのはわかっているし、あんな場面を見られたからって急に認めてもらえるというのも、かえって釈然《しやくぜん》としない。

――でも、認めないって言いながら、ちょっと応援してくれる雰囲気だよな。

双子のためとか、自分たちの親のためだと弁解をしているあたりが、いかにも兄の大和らしくて、認めないって繰り返されているのに『ありがとう』と言いたくなる。

「認めてないけどっ、家出してからのお前は、何しでかすかわからないじゃないかっ。だから俺は、先の先を考えているだけで、決して認めたわけじゃない！」

両手でバシバシと自分の太腿を叩きながら、大和がしつこいほど力説する。

「わかったよ、大和。こんな、心配ばっかりかける弟で、ごめん」

「……オヤジとオフクロには、俺から上手く話しておいてやる。ふたりとも、かなり心配していているからな。お前が男と付き合っているとか、あの子たちの母親同然とか、そういう余計な話は伏せて、父子《ふし》家庭で住み込みで働いていることだけ伝えるから、優吾、お前もそのつもりでいろよ。男同士で夫婦だなんて、絶対に内緒だからな！」

「ありがとう、大和。そうしてもらえると助かるよ」

頷く僕に、大和がホッとした顔を見せる。

「双子にお土産を約束したし、今夜は、まだそっちに帰る。けど、明日の午前中で引き上げるから……じゃあ、いってくる」

シートベルトを外した大和を、「いってらっしゃい」と見送る。

駆け足で駅に入っていく大和は、口先では認めないなんて言っていたけれど、反対だとか、テオドールと別れろだとか、うちに帰って来いとは言わなかった。

それが大和なりの譲歩なのか、単純に諦めただけなのか、認めはしなくても事実上は赦《ゆる》してくれようとしているのか……僕には、そこまではわからない。

ただ僕は、僕の兄が堂島大和という男で本当によかった、と……大和の弟に生まれたことを、強く感謝するだけだった。


帰る間際になってもまだ泣いている双子を、大和はおろおろと宥めた。

「うわああああん、やまとのおじさん、いなくなっちゃ、やだぁーっ」

「えっと、それは……。おじさんのパパとママも、ほら、心配するからさ」

——だから、昨夜のうちに話しておいたほうがいいって、あんなに言ったのに。

日曜の、昼下がり。食事を終えるまで帰ると言い出せなかった大和は、引きとめたがる双子に大泣きされて、玄関に来てもなおオロオロしていた。

「アンドレだって、パパや優吾がいないと寂しいだろう？　だから、おじさんも、もうおうちに帰らないといけないいんだ」

「ひっく、ひっく……、あした帰ってくる？　きょう、夜になったら帰ってくる？」

「ううう、ごめんな、ニコル。今日明日はともかく、おじさん、また来るからさ。次に来た時に、また遊ぼうな。……なぁ優吾、どうにかしてくれよ」

とうとうしがみついてしまった双子を持て余して、大和が僕に泣きつく。

大和も双子と離れがたくて、言い出しづらかったんだろうけれど……。

困り顔で僕とテオドールに助けを求める大和は、このままだと、着替えを詰めたバッグを今にも玄関に置いて、もう一日のばすと言い出しかねない。

「ニコル、アンドレ、そろそろ大和おじさんから離れようね。おじさんは、ニコルとアンドレがいい子でお別れしたら、次はきっと一緒に公園で遊んでくれるよ？　ドライブするのもいいなーって言っていたんだよ？」

だから、いい子でお別れしようねと、僕は双子の肩をポンポンと叩いた。

ぐずりながらも双子は大和から離れ、困りつつもどこか嬉しかったらしい大和に寂しさがうっすらと浮かぶ。

潤《うる》んだ目で両手をあげて背伸びする双子を見て、テオドールがアンドレを、僕はニコルを抱き上げる。

腕をのばすアンドレを、テオドールが大和に近づけるのを見て、僕も同じく腕を大和にのばしているニコルを近づける。

双子は左右から抱きつくようにして、「またあそんでね」「すぐにきてね」と、大和の頬にキスを贈る。

たちまち大和は相好《そうごう》を崩し、次の休みに遊びにくると指きりまでする。

――テオドールと僕がふたりきりになりたい時に、なんて言っていたのに。

ひょっとしたらあの教育上の配慮《はいりょ》っていう言葉は単なる口実で、本当は大和自身が双子と会いたいだけだったんだろうか？

一瞬の疑念を、どちらでも構わないかと頭の中から払い落として、ニコルを抱いたまま玄関の外へ見送りに出る。

「大和、本当に車で送らなくていいのか？」

「ついでに寄りたい場所が幾《いく》つかあるし、俺のことは気にしなくていいよ。それに……、いや、それよりも……」

テオドールの二度目の申し出をやんわりと断った大和が、深々と頭を下げる。

「ふつつかな弟ですが、優吾を、どうかよろしくお願いします」

――えっ？　お願いしますって……あんなに『認めない』って言っていたのに。

僕たちが驚いている間に、大和は「じゃあ、またな」と双子の頭を撫でて、立ち去ってしまう。

呆然と見送る僕に、「よかったな、優吾」と囁いたテオドールの顔には、照れくさそうな笑顔が浮かんでいた。


昼間、大和を見送る時にさんざん泣いた双子は、その後もぐずって、ろくにお昼寝もしなかった。そのせいなのか、夜になるとウトウトし始めるのも早くて、ベッドの上で仲良く並んで横になった途端、添い寝の必要もないほどあっさりと眠りについてくれた。

子供部屋のドアをそっと閉めて廊下に出た僕たちは、顔を見合わせ、苦笑する。

「あんまり早く寝始めて、夜中や早朝に元気に起きてこられても困るよね」

「一週間ぶりに、ふたりきりで過ごせる静かな夜だからな」

テオドールの言葉に、ドキッとする。

一昨日の夜もふたりきりになれたけれど、双子は眠っていなかったし、僕たちを二階へ追い出した大和だって一階にいた。

夕食もお風呂も済ませたし、あとはもういつベッドに入っても眠っても構わない。

大和が来てからの騒動を振り返れば、早めに就寝《しゅうしん》したい気もするけれど……。

「この一週間、俺よりも優吾のほうが大変だったな。今日は、もうゆっくり休もうか」

そうだねと頷いて、ふたりで廊下を歩き出すけれど、気が付けば僕は自室ではなく、テオドールの部屋の前まで一緒について来てしまっていた。

「あっ！　や、やだなぁ、ついこっちに来ちゃったよ」

この家に、大和は、もういない。

今夜は、テオドールのベッドを半分占領《せんりょう》する理由がない。

「お前の兄がいなくても、俺の部屋で、一緒に眠ればいいじゃないか」

そそくさと自室へ向かおうとした僕を、テオドールの腕が引き留めた。

「でも、今夜から僕のベッドも空《あ》いているから」

「お前の部屋のベッドは、喧嘩《けんか》した時やインフルエンザに罹《かか》った時に使えばいい。今夜から、優吾の寝室はこっちだ」

寝室のドアを開けたテオドールが、僕の腕を軽く引く。

腕力ではなく抗いがたい微笑みに、僕は室内へと誘い込まれる。

「……だけど、そろそろテオドールも、思う存分手足をのばして寝たいんじゃない？」

「ふたりくっついて眠るほうが、温かいぞ？　優吾は、そう思わないか？」

「じゃあ、僕は抱き枕？」

僕の質問に質問で返したテオドールに、更に質問で返してみる。

ゆっくりと、一歩ずつベッドへ近づいていくテオドールと僕の間に、甘く優しい雰囲気が漂っていた。

ドキドキと胸が高鳴っているけれど、そこにあるのはテオドールへの純粋な愛情だ。

「抱き枕になるのは、嫌か？」

「いやじゃないけど、どうせならテオドール専用の抱き枕になりたいな」

僕が答えるなり、テオドールの目に情欲が宿る。

「眠りにつくには、まだ早い。一昨日ように、今夜は俺にお前を味わわせて欲しい」

――アレをする時には、大和が双子を引き受けてくれるって、ちゃんと話したのに。

子供たちの教育上もよくないけれど、僕たちだって深く愛し合うなら没頭《ぼっとう》できるほうがありがたい……大和の申し出は、もう昨日のうちに話してある。

「優吾、……嫌か？」

僕の腕から手を離したテオドールが、先にベッドにあがり膝立ちになって僕を待つ。

ベッドまでの距離は、あと一歩。

ただ抱き合って眠りにつくか、それともふたりで獣になって淫らな行為に耽《ふけ》るか。

どうやら、僕に決定権を委《ゆだ》ねてくれるらしい。

「……ううん、嫌じゃない」

頬に熱がのぼるのを感じながら、僕は一歩前へ踏み出す。

差しのべられた手を取ってベッドに片膝をついた僕を、テオドールが抱き寄せる。

こめかみに、頬に、それから唇にキスが降ってくる。優しく肩を押されて、背中がシーツに着地する。覆《おお》いかぶさってきた彼の右の親指と人差し指が、僕のパジャマに潜り込む。

だけど、胸の粒をキュッと摘まれ、僕の口から「ぁ……」と淡い声が漏れた瞬間、狙い澄ましたように子供部屋のドアを開く音が聞こえてきた。

指の力を抜いたテオドールが、僕の上に突っ伏して低く唸《うな》るように呻《うめ》く。

そんな彼がこの上なく愛《いと》おしくて、額に唇を押し当ててから僕はベッドを抜け出した。

子供部屋へ向かうつもりの僕の腕が掴まれ、ベッドに引き戻される。

入れ替わるようにテオドールがベッドから身体を起こし、ドアへと向かった。

「おい、優吾。お前の兄の、次の休みは、いつだ？」

ドアを開けたところに突っ立っていたアンドレが、目をこすりながら入ってくる。

どうやらアンドレは完全に寝ぼけているらしく、「パパぁ、おしっこー」とテオドールの腕を掴んで訴えつつも、ベランダのほうへと歩き出してしまう。

アンドレの肩に手をおいて「そっちは違うぞ」と方向転換させたテオドールの眼差しが、僕に返事を促している。

「さあ、いつだろう？　まだ聞いてないよ」

「優吾。俺は明日から毎日、子供たちが早く大和と遊びたくなるよう唆《そそのか》すことにする」

大真面目な顔で宣言したテオドールと目が合って、僕たちは思わず苦笑する。

けれど、これまで万事この調子でなかなかふたりの仲は進展しなかったんだし、変にフラストレーションが溜まらないよう、ありがたい申し出をしてくれた大和の好意には最大限に甘えたほうがいいのかもしれない。

けれど、いきなり大和に双子を任せて外に連れ出すのは、心配だ。

それでも……もちろん恥ずかしくないわけじゃないけれど……一昨日のように、僕たちが身体で愛を確かめ合っている間、大和がこの家の中で双子の相手をしてくれるなら、何かあってもすぐに対応できるだろう。

「だから優吾、大至急でスケジュールを把握《はあく》して、大和の次の休みをしっかりと確保しておいてくれ。まだこの時間だ、きっと大和も起きているだろう」

「わかった。テオドールがベッドに戻ってくるまでに、携帯に連絡をいれておくよ」

アンドレの手を引いてドアへ向かう途中で、テオドールはわざわざベッドに寄って、「頼んだぞ」と素早く僕の頬に唇を、手に彼の携帯電話を押しつける。

早速、大和の携帯ナンバーをプッシュした僕は、電話口に出た声が大和ではなく丹澤さんだったことにまず驚いて、それから家ではなく居酒屋にでもいるような賑やかな音の中に、酔っているらしい大和の声が混ざっているのに気が付く。

「あの、ええと、大和と一緒なんですか？　えっ、丹澤さんとふたりきりで？」

――いつの間に、ふたりだけで飲みに行くほど親しくなったんだろう？

でも、丹澤さんと大和が親しくなっているなら、テオドールと僕にとって好都合だ。すでに双子の扱《あつか》いに慣れている丹澤さんが一緒に出掛けてくれるなら、大和ひとりに双子を託《たく》して外に連れ出してもらうよりも安心できる。

「大和に用があって電話したんですけれど、大和が丹澤さんと親しくしていただいているなら、できれば丹澤さんにも一緒にお願いしたいことがあって」

ふたつ返事で快《こころよ》く引き受けてくれた丹澤さんにお礼を言って通話を切るけれど、頭の中は疑問符だらけで、まるで狐につままれたような気分だ。

だけど、そーっと戻ってきたテオドールに、いきなり背後から抱き締められ、指で弱いところを探られると、もう考え事をしている余裕なんかどこにもなくて。

寝たはずの子供たちが、再び起きてこない間に……。

性急に愛し合う僕たちの都合なんか素知らぬ顔で、夜は静かに更《ふ》けていった。

END

あとがき

この本が書店に並ぶ頃には、もうお正月気分も抜けているかと思いますが、あけましておめでとうございます、篠伊達玲《しのだてれい》です。

今回、家族ものを初めて書かせていただいたのですが、いやー、すみません。今回は特に書いていて楽しかったです！　とりわけ、双子《ふたご》のニコルとアンドレを書いている時は楽しくて楽しくて、何度も顔が緩んでしまいました。

楽しいといっても執筆《しっぴつ》中は何でもないシーンで苦しんだりもするのですが、この『蜜愛《みつあい》ベビーシッター』に関しては、それもほとんどなかったかな。

実のところ、書きあがったあとに、もっと書きたい気持ちが溢れていました。だって、メインのふたりはもちろん、双子も丹澤《たんざわ》氏も大和《やまと》も、まだまだ書き足りない気がしたのです。双子が幼稚園に通うようになったら優吾《ゆうご》は『ママ』としてどうするのかなぁとか、今作の最後にふたりで飲みに行っている丹澤氏と大和の関係も、あの時点でどういう状態なのか裏で秘《ひそ》かに考えてあるので、ひとりニマニマするには事欠《か》かないのです（笑）。

ところで……テオドール、ニコル、アンドレの三人は日本語ができるものの、フランス人やハーフという設定になっています。『らしさ』を出すためには、もっと作中でフランス語を使ったほうが良かったのかもしれませんが、どうしようかと迷った挙句、できるだけフランス語は使わないことにしました。カタカナ表記にするとしても発音と表記の差が気になりますし、何よりも極力ださないほうが読み進めやすいかと思ったのです。

そんなわけで、フランス人設定だというのに、ほとんどフランス語は出てきません。逆にその点が物足りなかった読者様もいらっしゃるかもしれません。ごめんなさい。

とりあえず、書き手としては、今作は目一杯楽しんだような気がします。

お読みくださった皆様にも、楽しんでもらえていると嬉しいのですが……。

……さて。プライベートに関して言うなら、篠伊達、痩《や》せましたっ。

そして多分、もう戻りましたっ。……だめじゃん！(笑)

昨年2月下旬から、お友達に付き合ってレコーディングダイエットをしていたのです。実は生まれて初めてのダイエットで、結果は良好、体重も体脂肪もいい感じに落ちていたのですが……でも、それも原稿の進みが悪くなると後回しになるのです。

減っていくのも早かったのですが、戻るのは更に早いもの。怖くて計っていないのですが、多分、十中八九、きっともう開始前に戻っています。……いやん。

お正月気分が終わった頃から、またチャレンジしてみようかと思ったりもするのですが、そこはお仕事優先なのです。食べなきゃ原稿の進みが悪いとなると、太るのがわかっていても食べて進捗《しんちょく》をよくしたいので、深夜だろうが明け方だろうが食べちゃいます。

このあとがきを書いている今は、まだ年末前くらいなのですが、きっとお正月気分が終わっても、まだダイエッター生活には戻れていないだろうなぁ。

そういえば、今作が出たあとくらいに、長編描き下ろしの電子書籍の新刊が出ているかと思います。紙媒体《ばいたい》が次に書店に並ぶのは、春になるかと思います。そして多分、今作と次の紙媒体の間に、もう一作、電子の長編が出ている……はずです。

いつもの如《ごと》く、担当様にはご迷惑をおかけしてしまいました。もっと早く書きあがらなくてはいけないのに、申し訳ありません。

そして、イラストを担当してくださった三雲《みくも》アズさま、原稿のあがりが遅くて申し訳ありませんでした＆素敵なイラストをありがとうございましたっ！

末筆《まっぴつ》になりましたが、『蜜愛ベビーシッター』をお読みくださった皆さまに、感謝を。

今冬も風邪をひくと辛《つら》いようですし、節電も大事ですが、温かく過ごしてくださいね。

この新しい一年が、皆さまにとって、より良い一年となりますように。

篠伊達玲

セシル文庫をお買い上げいただき、ありがとうございます。
この本を読んでのご意見・ご感想・ファンレターをお待ちしております。

☆あて先☆
〒113-0033　東京都文京区本郷3-40-11
コスミック出版　セシル編集部
「篠伊達 玲先生」「三雲アズ先生」または「感想」「お問い合わせ」係
→Eメールでも OK!　cecil@cosmicpub.jp

セシル文庫

蜜《みつ》愛《あい》ベビーシッター

【著者】　篠伊達《しのだて》 玲《れい》
【発行人】　杉原葉子
【発行】　株式会社コスミック出版
〒113-0033　東京都文京区本郷 3-40-11
【お問い合わせ】　- 営業部 -　TEL 03(5844)3310　FAX 03(3814)1445
- 編集部 -　TEL 03(3814)7534　FAX 03(3814)7532
【ホームページ】　http://www.cosmicpub.com/
【振替口座】　00110-8-611382
【印刷／製本】　中央精版印刷株式会社

乱丁・落丁本は、小社へ直接お送り下さい。郵送料小社負担にてお取り替え致します。
定価はカバーに表示してあります。